KB006052

〈김광순 소장 필사본 고소설 100선〉

옥황기

역주 김동협 金東協

1953년 경상북도 의성에서 출생하여 고향과 대구에서 성장하였다. 경북대학교 사범대학 국어교육과 및 같은 학교 대학원 국어국문학과 석사·박사과정을 수료하고 문학박사 학위를 받았다. 경북대학교, 대구대학교 등의 강사를 거쳐 1987년부터 현재까지 동국대학교 경주캠퍼스 국어국문학과 교수로 재직 중에 있다. 학회 활동으로는 대동한문학회장, 한국어문학회 이사, 국제퇴계학회 이사 등을 역임하였고, 비영리법인 택민국학연구원 부원장을 맡고 있다. 학술논저로는 『황동명소설집』 등이 있고, 번역서로서는 『홍무왕연의』 등이 있으며, 학술논문으로는 「慾望의 仲介者를 中心으로 본 洪吉童傳」, 「달천몽유록 고찰」,「黃中允小說硏究」 등이 있는데, 주로 한국 한문소설과 산문 방면의 연구를 계속하고 있다.

택민국학연구원 연구총서 36
〈김광순 소장 필사본 고소설 100선〉

옥황기

초판 인쇄 2017년 12월 5일
초판 발행 2017년 12월 10일

발행인 비영리법인택민국학연구원장
역주자 김동협
주 소 대구시 동구 아양로 174 금광빌딩 4층
홈페이지 http://www.taekmin.co.kr

발행처 (주)박이정
대표 박찬익 ‖ **편집장** 권이준 ‖ **책임편집** 정봉선
주 소 서울시 동대문구 천호대로 16가길 4
전 화 02) 922-1192~3 ‖ **팩스** 02) 928-4683
홈페이지 www.pjbook.com ‖ **이메일** pijbook@naver.com
등 록 2014년 8월 22일 제305-2014-000028호

ISBN 979-11-5848-355-5 (94810)
ISBN 979-11-5848-353-1 (세트)

* 책값은 뒤표지에 있습니다.

택민국학연구원 연구총서 36

김광순 소장 필사본 고소설 100선

옥황기

김동협 역주

(주)박이정

간행사

21세기를 '문화 시대'라 한다. 문화와 관련된 정보와 지식이 고부가가치를 지니기 때문에, '문화 시대'라는 말을 과장이라 할 수 없다. 이러한 '문화 시대'에서 빈번히 들을 수 있는 용어가 '문화산업'이다. 문화산업이란 문화 생산물이나 서비스를 상품으로 만드는 산업 형태를 가리키는데, 문화가 산업 형태를 지니는 이상 문화는 상품으로서 생산 · 판매 · 유통 과정을 밟게 된다. 경제가 발전하고 삶의 질에 관심을 가질수록 문화 산업화는 가속도가 붙을 것이다.

문화가 상품의 생산 과정을 밟기 위해서는 참신한 재료가 공급되어야 한다. 지금까지 없었던 것을 만들어낼 수도 있으나, 온고지신溫故知新의 정신으로 오랜 세월에 걸쳐 그 훌륭함이 증명된 고전 작품을 돌아봄으로써 내실부터 다져야 한다. 고전적 가치를 현대적 감각으로 재현하여 대중에게 내놓을 때, 과거의 문화는 살아 있는 문화로 발돋움한다. 조상들이 쌓아 온 문화유산을 소중히 여기고 그 속에서 가치를 발굴해야만 문화 산업화는 외국 것의 모방이 아닌 진정한 우리의 것이 될 수 있다.

이제 고소설에서 그러한 가치를 발굴함으로써 문화 산업화 대열에 합류하고자 한다. 소설은 당대에 창작되고 유통되던 시대의 가치관과 사고체계를 반드시 담는 법이니, 고소설이라고 해서 그 예외일 수는 없다. 고소설을 스토리텔링, 영화, 드라마, 애니메이션 CD 등 새로운 문화 상품으로 재생산하기 위해서는, 문화생산자들이 쉽게 접하고 이해할 수 있게끔 고소설을 현대어로 옮기는 작업이 선행되어야 한다.

고소설의 대부분은 필사본 형태로 전한다. 한지韓紙에 필사자가 개성 있는 독특한 흘림체 붓글씨로 썼기 때문에 필사본이라 한다. 필사본 고소설을 현대어로 옮기는 작업은 쉽지가 않다. 필사본 고소설 대부분이 붓으로 흘려 쓴 글자인 데다 띄어쓰기가 없고, 오자誤字와 탈자脫字가 많으며, 보존과 관리 부실로 인해 온전하게 전승되지 못하는 경우가 많다. 그뿐만 아니라, 이미 사라진 옛말은 물론이고, 필사자 거주지역의 방언이 뒤섞여 있고, 고사성어나 유학의 경전 용어와 고도의 소양이 담긴 한자어가 고어체로 적혀 있어서, 전공자조차도 난감할 때가 있다. 이러한 이유로, 고전적 가치가 있는 고소설을 엄선하고 유능한 집필진을 꾸려 고소설 번역 사업에 적극적으로 헌신하고자 한다.

필자는 대학 강단에서 40년 동안 강의하면서 고소설을 수집해 왔다. 고소설이 있는 곳이라면 주저하지 않고 어디든지 찾아가서 발품을 팔았고, 마침내 474종(복사본 포함)의 고소설을 수집할 수 있게 되었다. 필사본 고소설이 소중하다고 하여 내어놓기를 주저할 때는 그 자리에서 필사筆寫하거나 복사를 하고 소장자에게 돌려주기도 했다. 그렇게라도 하지 않았다면 지금쯤 벽지나 휴지의 재료가 되어 소실되었을 가능성이 크다. 본인이 소장하고 있는 작품 중에는 고소설로서 문학적 수준이 높은 작품이 다수 포함되어 있고 이들 중에는 학계에도 알려지지 않은 유일본과 희귀본도 있다. 필자 소장 474종을 연구원들이 검토하여 100종을 선택하였으니, 이를 〈김광순 소장 필사본 고소설 100선〉이라 이름 한 것이다.

〈김광순 소장 필사본 고소설 100선〉 제1차본 번역서에 대한 학자들의 〈서평〉만 보더라도 그 의의가 얼마나 큰 지를 알 수 있다. 한국고소설학회 전회장 건국대 명예교수 김현룡박사는 『고소설연구』(한국고소설학회) 제39집에서 "아직까지 연구된 적이 없는 작품들이 다수 포함되어 있어서 앞으로 국문학연구에 크게 기여할 것"이라 했고, 국민대 명예교수 조희웅박사는『고전문학연구』(한국고전문학회) 제47집에서 "문학적인 수준이 높거나 학계에 알려지지 않은 유일본과 희귀본 100종만을 골라 번역했다"고 극찬했다. 고려대 명예교수 설중환박사는『국학연구론총』(택민국학연구원) 제15집에서 "한국문화의 세계화라는 토대를 쌓음으로써 한국문학에 크게 기여할 것이라"고 했다. 제2차본 번역서에 대한 학자들의 서평을 보면, 한국고소설학회 전회장 건국대 명예교수 김현룡박사는『국학연구론총』(택민국학연구원) 제18집에서 "총서에 실린 새로운 작품들은 우리 고소설 학계의 현실에 커다란 활력소가 될 것"이라고 했고, 고려대 명예교수 설중환박사는『고소설연구』(한국고소설학회) 제41집에서 〈승호상송기〉, 〈양추밀전〉 등은 학계에 처음 소개하는 유일본으로 고전문학에서의 가치는 매우 크다"라고 했다. 영남대교수 교육대학원 교수 신태수박사는『동아인문학』(동아인문학회) 31집에서 전통시대의 대중이 향수하던 고소설을 현대의 대중에게 되돌려준다는 점과 학문분야의 지평을 넓히고 활력을 불어 넣는다고 하면서 "조상이 물려준 귀중한 문화재를 더 이상 훼손되지 않도록 갈무리 할 수 있는 문학관이나 박물관 건립이 화급하다"고 했다.

언론계의 반응 또한 뜨거웠다. 매스컴과 신문에서 역주사업에 대한 찬사가 쏟아졌다. 언론계의 찬사만을 소개해보면 다음과 같다. 조선일보(2017.2.8)의 경우는 "古小說, 일반인도 쉽게 읽을 수 있도록"이라는 제하에서 "우리 문학의 뿌리를 살리는 길"이라고 극찬했고, 매일신문(2017.1.25)의 경우는 "고소설 현대어 번역 新문화상품"이라는 제하에서 "희귀 · 유일본 100선 번역사업, 영화 · 만화 재생산 토대 마련"이라고 극찬했다. 영남일보(2017.1.27)의 경우는 "김광순 소장 필사본 고소설 100선 3차 역주본 8권 출간"이라는 제하에서 "문화상품 토대 마련의 길잡이"이라고 극찬했고, 대구일보(2017.1.23)의 경우는 "대구에 고소설 박물관 세우는 것이 꿈"이라는 제하에서 "지역 방언 · 고어로 기록된 필사본 현대어 번역"이라고 극찬했다.

물론, 역주사업이 전부일 수는 없다. 역주사업도 중요하지만, 고소설 보존은 더욱 중요하다. 고소설이 보존되어야 역주사업도 가능해지기 때문이다. 고소설의 보존이 어째서 얼마나 중요한지는 『금오신화』 하나만으로도 설명할 수 있다. 『금오신화』는 임진왜란 이전까지는 조선 사람들에게 읽히고 유통되었다. 최근 중국 대련도서관 소장 『금오신화』가 그 좋은 근거이다. 문제는 임란 이후로 자취를 감추었다는 데 있다. 우암 송시열도 『금오신화』를 얻어서 읽을 수 없었다고 할 정도이니, 임란 이후에는 유통이 끊어졌다고 해야 할 것이다. 그럼에도 『금오신화』가 잘 알려진 데는 이유가 있다. 작자 김시습이 경주 남산 용장사에서 창작하여 석실에 두었던 『금오신화』가 어느 경로를 통해 일본으로 반출되어 몇 차례 출판되었기 때문이다. 육당 최남선이 일본에서 출판된 대총본 『금오신화』를 우리나라로 역수입하여 1927년 『계명』 19호에 수록함으로써 비로소 한국에 알려졌다. 『금오신화』 권미卷尾에 "서갑집후書甲集後"라는 기록으로 보면 현존 『금오신화』가 을乙집과 병丙집이 있었으리라 추정되며, 현존 『금오신화』 5편이 전부가 아닐 가능성이 높다. 귀중한 문화유산이 방치되다 일부 소실되는 지경에까지 이르렀으니, 한국인으로서 부끄럽기 그지없다.

이런 문제를 해결하기 위해서는 필사본 고소설을 보존하고 문화산업에 활용할 수 있는 '고소설 문학관'이나 '박물관'을 건립해야 한다. 고소설 문학관이나 박물관은 한국 작품이 외국으로 유출되지 못하도록 할 뿐 아니라 개인이 소장하면서 훼손되고 있는 필사본 고소설을 체계적으로 관리하는 데 크게 기여할 수 있다.

현재 가사를 보존하는 '한국가사 문학관'은 있지만, 고소설의 경우에는 그와 같은 시설이 전국 어느 곳에도 없으므로, '고소설 문학관'이나 '박물관' 건립은 화급을 다투는 일이다.

고소설 문학관 혹은 박물관은 영남에, 그 중에서도 대구에 건립되어야 한다. 본격적인 한국 최초의 소설은 김시습의 『금오신화』로서 경주 남산 용장사에서 창작되었음을 상기할 필요가 있다. 경주는 영남권역이고 영남권역 문화의 중심지는 대구이기 때문에, 고소설 문학관 혹은 박물관을 대구에 건립하지 않으면 안 된다. 고소설 문학관 혹은 박물관 건립을 통해 대구가 한국 문화 산업의 웅도이며 문화산업을 선도하는 요람이 될 것을 확신하는 바이다.

2017년 11월 1일

경북대학교명예교수 · 중국옌볜대학교겸직교수
택민국학연구원장 문학박사 김광순

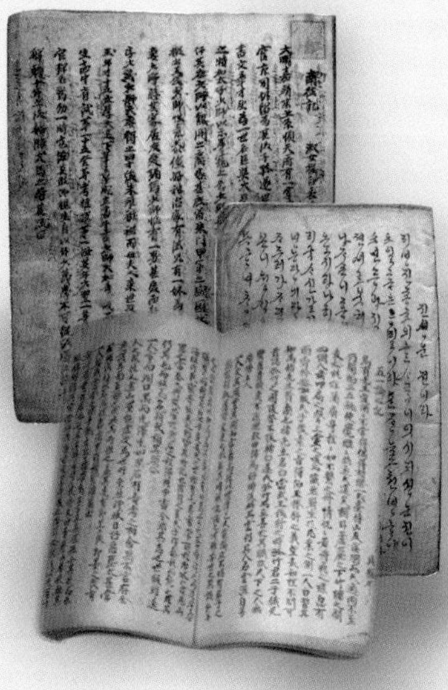

일러두기

1. 해제를 앞에 두어 독자의 이해를 돕도록 하고, 이어서 현대어역과 원문을 차례로 수록하였다.

2. 해제와 현대어역의 제목은 현대어로 옮긴 것으로 하고, 원문의 제목은 원문 그대로 표기하였다.

3. 현대어 번역은 김광순 소장 필사본 한국고소설 474종에서 정선한 〈김광순 소장 필사본 고소설 100선〉을 대본으로 하였다.

4. 현대어역은 독자들이 쉽게 이해할 수 있도록 한글 맞춤법에 맞게 의역하는 것을 원칙으로 하고, 어려운 한자어에는 한자를 병기하였다. 낙장 낙자일 경우 타본을 참조하여 의역하였다.

5. 화제를 돌리어 딴말을 꺼낼 때 쓰는 각설却說·화설話說·차설且說 등은 가능한 적당한 접속어로 변경 또는 한 행을 띄움으로 이를 대신할 수 있도록 하였다.

6. 낙장과 낙자가 있을 경우 다른 이본을 참조하여 원문을 보완하였고, 이본을 참조해도 판독이 어려울 경우 그 사실을 각주로 밝히고, 그래도 원문의 판독이 불가능한 경우에만 □로 표시하였다.

7. 고사성어와 난해한 어휘는 본문에서 풀어쓰고, 그렇지 않은 경우에는 각주를 달아서 참고하도록 하였다.

8. 원문은 고어 형태대로 옮기되, 연구를 돕기 위해 띄어쓰기만 하고 원문 면수를 숫자로 표기하였다.

9. 각주의 표제어는 현대어로 번역한 본문을 대상으로 하였다.

예문 1) 이백李白 : 중국 당나라 시인. 자는 태백太白, 호는 청련거사青蓮居士 중국 촉蜀땅 쓰촨[四川] 출생. 두보杜甫와 함께 시종詩宗이라 함.

10. 문장 부호의 사용은 다음과 같다.

1) 큰 따옴표(“ ”) : 직접 인용, 대화, 장명章名.

2) 작은 따옴표(‘ ’) : 간접 인용, 인물의 생각, 독백.

3) 『 』 : 책명册名.

4) 「 」 : 편명篇名.

5) 〈 〉 : 작품명.

6) [ ] : 표제어와 그 한자어 음이 다른 경우.

목차

옥황기

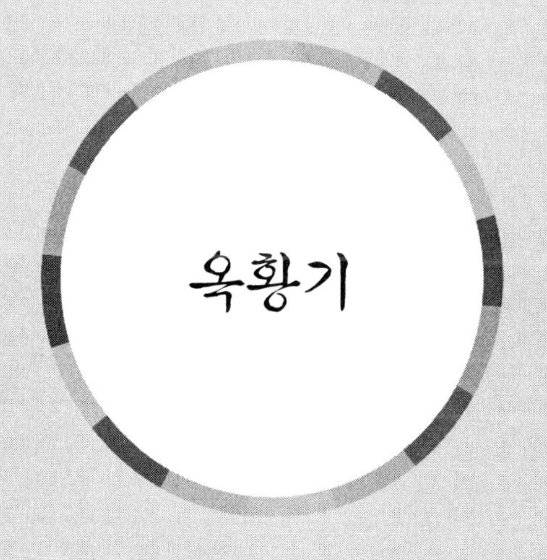

옥황기

Ⅰ. 〈옥황기玉皇紀〉 해제

〈옥황기〉는 역대 중국의 왕조 교체와 역사상 중요한 인물 및 도교와 관련이 있는 인물의 활동은 모두 옥황상제의 예정조화에 의하여 전개되었다고 보고 서술한 한문소설이다.

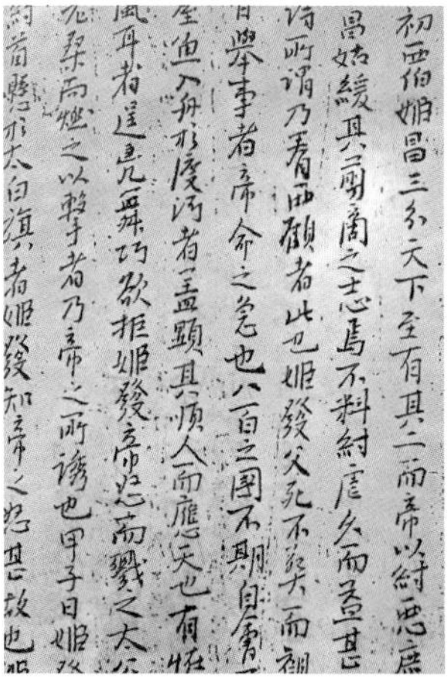

〈옥황기〉

〈옥황기〉는 '김광순 소장 필사본 한국 고소설 474종' 가운데에서 정선한 〈택민 소장 필사본 고소설 100선〉에도 실려 있기는 하나, 같은 작품으로서 필자가 소장하고 있는 『동명문집』 권지 13이라고 되어 있는 것을 대본으로 하여 번역, 소개하는 바이다.

〈옥황기玉皇紀〉는 〈천군기天君紀〉·〈사대기四代紀〉·〈달천몽유록㺚川夢遊錄〉과 함께 필자가 발굴하여 학계에 소개한 것인데, 이들 중에서 〈옥황기〉·〈천군기〉·〈사대기〉는 세 가지 형태로 존재하고, 〈달천몽유록〉은 두 가지 형태로 존재한다. 여기에서는 세 가지 형태로 존재하는 〈옥황기〉만을 각각 A, B, C라고 하고 살펴보기로 한다.

〈옥황기(A)〉는 〈천군기(A)〉·〈사대기(A)〉와 함께 세 작품이 한 책으로 편철되어 있는데, 이것의 겉표지에는 『삼황연의三皇演義』라고 다른 종이에다가 써서 붙인 옆에 〈사대기〉·〈옥황기〉 두 작품의 이름만 기록되어 있고 〈천군기〉라는 이름은 기록되어 있지 않다. 〈천군기〉라는 제목은 마멸되어 보이지 않는 것 같다. 속표지에는 전가대보傳家大寶라 하고 세 작품 이름 모두가 기록되어 있다.

『삼황연의』는 〈천군기〉·〈사대기〉·〈옥황기〉 세 작품을 함께 부른 명칭인데, 이것은 동명東溟 황중윤黃中允(1577-1648)이 붙인 명칭인지 아니면 후손 누군가가 표지를 붙이면서 붙인 명칭인지 분명하지 않으나 현재로서는 그렇게 기록되어 있으니 세 작품을 합해서 호칭할 때 『삼황연의三皇演義』라고 하여도 무리가 없어 보인다.

〈천군기(A)〉·〈사대기(A)〉·〈옥황기(A)〉가 합철된 책은 가로 27cm, 세로 24.5cm의 한지에 한 쪽당 세로로 16행 전후, 1행당 22자 전후의 행서체로 되어 있다. 곽선郭線과 계선界線은 없다. 군데군데 다른 종이를 붙여 다시 쓴 곳도 있고 정정을 가한 곳도 있으며 붉은 색으로 표시를 해둔 곳도 있다. 속표지의 전가대보傳家大寶 곧 집 안에 전해 내려오는 큰 보배라는 글이 있는 점, 동명東溟 황중윤黃中允이 만든 수월당水月堂을 중건할 때 후손이 쓴 글이 겉표지와 속표지 사이에 1쪽 있는 점 등을 보면 작자가 황중윤이 확실한 이상 물론 그가 붙여 쓰고 정정하고 했겠지만 후손 누군가도 정리를 더해 내려왔던 것이 아닌가 한다.

그리고 최근에 다시『일사逸史』라고 부르는 것이 종손가에 존재하는 것으로 알려 졌는데, 이것은 기존의 〈천군기(A)〉·〈사대기(A)〉·〈옥황기(A)〉와 거의 같은 것이며, 현재 경북 안동시 국학진흥원에 갈무리되어 있다.

〈천군기(C)〉·〈사대기(C)〉·〈옥황기(C)〉는 〈천군기(C)〉가 1권 1책으로, 〈사대기(C)〉·〈옥황기(C)〉가 2권 1책으로 되어 있다.

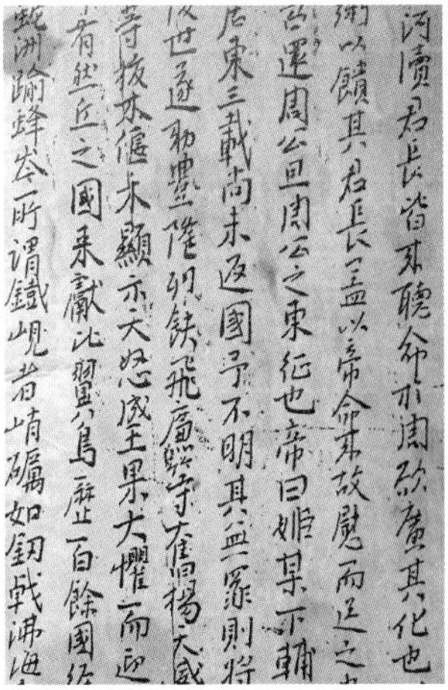

〈옥황기〉

〈사대기(C)〉와 〈옥황기(C)〉는 표지 우측 상단은 마멸되어 기록이 보이지 않고 좌측엔『동명선생문집東溟先生文集』이라 하고 작은 글씨로 권지卷之만 보이고 아래는 마멸되어 보이지 않는 1책에 실려 있는데 〈사대기〉는『東溟文集』卷之 十二, 〈옥황기〉는『東溟文集』卷之 十三이라 한 곳에 실려 있다.

이것은 〈천군기(C)〉와 마찬가지로 가로 19.5cm, 세로 29cm의 크기에 1쪽당 세로로 10행, 1행당 22자 전후의 행서체이며 곽선郭線과 계선界線이 있다. 그리고 첫쪽에『東溟文集』卷之 十二 別集이라는 기록이 있는 점, 〈사대기〉·〈옥황기〉라고 제목을 쓴 곽선郭線 바로 위에 붉은 색으로 각각 不可入刊이라 한 점으로 봐서 1905년 『東溟文集』 간행시에 모든 문서를 정리할 때 함께 정리되었으나 별집別集을 간행 할 때 넣으려고 작정한 것이라 생각한다.

〈천군기〉·〈사대기〉·〈옥황기〉·〈달천몽유록〉 4작품 중에서 〈천군기〉와 〈달천몽유록〉의 작자와 창작시기에 대하여는 분명한 기록이 있으나 〈사대기〉와 〈옥황기〉에 대하여는 그렇지 못하다. 그래서 〈옥황기〉에 대하여서도 〈사대기〉와 마찬가지로 몇 가지 사실을 근거로 하여 그 작자와 창작시기를 추론할 수 밖에 없다. 〈옥황기〉는 아래와 같은 몇 가지 점에서 동명東溟 황중윤黃中允(1577-1648)의 작품이라 추정한다.

첫째로 〈천군기天君紀(A)〉·〈사대기四代紀(A)〉·〈옥황기玉皇紀(A)〉에서 볼 때, 세 작품은 함께 연이어서 편철되어 있는데 글씨체 등이 동일함은 물론 한 작품이 끝나고 다른 작품이 시작되는 경우 곧 〈천군기〉가 끝나고 〈사대기〉가 시작되는 경우와 〈사대기〉가 끝나고 〈옥황기〉가 시작되는 경우에 각각 쪽수를 달리해서 새로이 시작되지 않고 연이어 지는데 〈천군기〉의 작자가 동명東溟 황중윤黃中允이 확실하니 〈옥황기〉도 〈사대기〉와 함께 동명東溟 황중윤黃中允 작품이라 생각된다.

둘째로 〈사대기(C)〉·〈옥황기(C)〉에서 볼 때, 이 두 작품은 〈사대기〉가 『동명문집東溟文集』 卷之十二 別集, 〈옥황기〉가 『동명문집東溟文集卷』 卷之十三 別集이라 하여 十二, 十三 두

권이 한 책으로 만들어져 있다. 그리고 〈사대기〉·〈옥황기〉라고 제목을 기록한 곽선郭線 바로 위에 붉은 색으로 각각 不可入刊이라 하였는데 이는 가전家傳되어 오던 것을 보고 1905년에 『동명문집東溟文集』을 간행할 때 정리는 했으나 간행하지 않고 별집別集이 나오게 될 때 간행하려 했던 것이 아닌가 생각한다. 이처럼 집안에서 이 두 작품도 동명東溟의 작품이라 여긴 것은 어떤 잘못이 있다고 생각되지 않는다.

셋째로 〈옥황기〉 끝 부분에 "근래에 동명東溟 성姓이 황黃인 사람이 누설하지 말라는 것을 범할까 걱정되나 우선 그것의 대개大槪를 뽑아서 기록하였다. 비록 망령된 것을 만든 것에 가까우나 세상에서 선善에 대하여 보답해주고 악惡에 대하여 응대해줌이 있다는 귀감과 경계가 되기를 바란다"〔近有東溟姓黃者 懼犯漏洩之禁 姑撮其大槪而錄之者 雖近誕妄 庶世爲善惡報應之鑒戒云〕는 부분이 있다. 이를 보면 〈옥황기〉는 황중윤黃中允이 지은 것이 확실하다.

위와 같은 점에서 볼 때, 〈옥황기〉는 동명東溟 황중윤黃中允(1577-1648)이 지은 것이 분명하다고 판단하는 바이다.

다음으로 〈옥황기〉는 언제 지은 것인가? 이점에 대하여도 역시 결정적인 근거는 없고 다만 몇 가지 사실로 미루어 다소 막연하게나마 추론할 수 밖에 없다.

〈천군기天君紀(A)〉·〈사대기四代紀(A)〉·〈옥황기玉皇紀(A)〉에서 볼 때, 세 작품은 글씨체가 동일하며, 한 작품이 끝나고 다른 작품이 시작될 때도 같은 쪽에서 그대로 이어지니, 적어도 맨 앞에 있는 〈천군기〉보다가 〈사대기〉·〈옥황기〉가 먼저 구상이 되었을지는 알 수 없으나 먼저 작품으로 서술되어 나타날 수는 없었다고 생각한다. 이점을 미루어 보면 〈옥황기〉는 〈천군기〉·〈사대기〉보다가 뒤에 편철되어 있으므로 적어도 〈천군가〉보다가 먼저 지어졌을 가능성은 없는 것처럼 보인다. 〈천군기〉·〈사대기〉와는 동시 또는 그 이후에 창작되었을 것이라고 생각한다.

동명東溟 황중윤黃中允(1577-1648)의 일생은 대체로 아래와 같이 크게 4 시기로 구분된다.

(1)1세[출생] - 36세[과거급제] : 수학기修學期

(2)36세[과거급제] - 47세[인조반정] : 환해기宦海期

(3)47세[인조반정·유배] - 57세[유배해제·귀향] : 유배기流配期

(4)57세[유배해제·귀향] - 72세[사망] : 한정기閑情期

〈사대기〉는 1623년〔인조 1년〕 음력 6월 이후 - 1633년〔인조 11년〕 음력 중추仲秋사이 곧 동명東溟의 나이 47세 - 57세 사이에 지어진 것이다. 이는 황중윤이 유배를 간 이후부터 유배가 해제되던 해 사이이다.

따라서 〈옥황기〉는 크게 보아 〈천군기〉와 같이 귀양지에서 시작해서 사망시死亡時까지 곧 동명東溟의 나이 47세 - 72세 사이에 지어진 것으로 추정하는 바이다. 유배기流配期 곧 47세 - 57세 사이에 〈천군기〉와 함께 완성한 후 〈천군기서天君紀叙〉

만 썼을 수도 있고 아니면 유배기에는 〈천군기〉만 짓고 이어서 한정기閑情期에 〈옥황기〉를 지을 수도 있다는 가능성을 모두 포괄하는 시기를 창작 시기로 추정하는 바이다.

〈옥황기〉는 역대 중국의 왕조 교체와 역사상의 주요 사건들은 모두 옥황상제의 뜻에 따라 일어난 것이며, 역대 성군과 성현, 위인들은 옥황상제의 명을 수행하여 선관仙官이 되었다는 상상력을 바탕으로 한 작품이다.

처음부터 도가에 심취했던 인물들은 물론이고, 유교에서 소왕素王이라 하며 종주로 받드는 공자, 위대한 정치가로 추앙하는 주공周公 희단姬旦, 성군 도당씨陶唐氏, 성리학자 주희 같은 사람도 역시 옥황상제가 부여한 책무를 충실히 이행하고 선도仙道를 이룬 인물로 형상화되어 있다. 도교적인 것이 유교적인 것보다 훨씬 우위에 있다. 이러한 점은 우리 민족의 포용의식 내지 원융의식圓融意識이라고도 할 수 있을 것이다.

〈옥황기〉 는, 하상공河上公의 천거를 받아 사우씨姒禹氏를 불러 들였는데 홍수를 잘 다스리자 천하를 소유하게 하는 점, 장홍萇弘이 영왕靈王을 농간하여 뜻이 황홀해지게 하자 제선국梯仙國에 불러들여 죽이는 것, 진시황이 포악한 정치를 행하자 동해 용왕에게 죽이게 하는 점, 항우가 강포기살强暴嗜殺하자 천하를 유방에게 주어버리는 것, 수 양제가 악을 행하는 것이 크므로 죽음을 당하게 하는 점, 당의 여주女主 측천무후則天武后가 음학淫虐하므로 폐하여 가두는 것, 이임보李林甫가 대옥을 일으키고 사녕邪佞한 이를 조정에 들이고 도륙屠戮을 행하자 귀양보내는 점, 황소黃巢가 난을 일으키자 죽이는 것, 곽소郭蔬에게 선인善人으로 생명을 얻어 양계陽界에서 이름이 난 뒤에 천조天曹로로 돌아오게 하는 점, 강생康生은 일기一紀의 목숨을 감하게 하고 진회秦檜를 죽이는 것, 충신 화운花雲 과 열녀 소씨邵氏 및 손씨孫氏에게 신목神木 과 연자蓮子로 도와주고 상을 받게 하는 점 등등을 보면, 선한 자에게 복을 주고 악한 자에게 재앙을 내린다는 선악보응善惡報應과 인과응보因果應報의 이치가 작품의 근저에 깔려 있다고 하겠다.

〈옥황기〉에는 천상계天上界인 옥황상제의 나라와 제선국梯仙國, 지상계地上界인 욕계慾界, 그리고 지부地府가 수직적으로 존재한다. 천상계인 옥황상제의 나라는 옥황상제가 다스리는 나라이다. 옥황상제는 선천先天 반고초盤古初에 태어나 지공至公 지건 至健 지허至虛 경청輕淸 유구悠久를 각각 심心, 기氣, 성性, 질質, 체體로 삼고 자부紫府에 도읍하여 성곽과 궁궐 등을 두루 갖추고 시신侍臣을 두고 다스린다. 덕은 신명神明하고 도는 광대廣大 하며 자연의 쓰임을 운행하고 말하지 않아도 교화되는 것을 행하여 하나도 빠짐이 없었다.

어느날 조회를 받고 천하가 넓어 백성들은 지극히 많은데도 욕계에는 주인이 없어 어지럽다고 하고는, 유사有司에게 명하여 군사君師를 처음으로 세우게 하였다. 유소씨有巢氏, 수인씨燧人氏, 신농, 복희를 보내고, 이어서 유사를 불러 하토下土의 군사

君師가 백성을 무양애휼撫養愛恤하는 사람은 자신을 본받는 자이고 침학살해侵虐殺害하는 이는 자신을 거역하는 사람이라고 하며 잘 살펴보라고 당부하였다. 또 진제 眞帝를 사명관司命官에 봉한 후, 수명과 빈부귀천을 담당하게 하고는, 수명은 140세를 한계로 하고 빈부귀천은 선악을 보아 가감하게 하였다.

그리고 삼대시대부터 명나라 태조, 태종에 이르기까지의 여러 사람을, 어떤 사람은 지상계인 욕계에 내려 보내고 어떤 경우에는 제선국에 부르고, 어떤 사람은 지상계인 욕계에서 죽이고 귀양보내고 하면서 모든 일에 관여한다.

제선국은 천상계인 옥황상제의 나라와 지상계인 욕계 사이에 있는 곳으로, 지상계에서 여러 사람이 불려 올라가기만 하고 옥황상제의 나라에서 제선국으로 내려오는 이는 존재하지 않는다. 지상계인 욕계에서 제선국으로 올라간 이는 삼대시대의 주周의 영왕靈王, 장홍萇弘과 춘추전국시대의 장몽莊蒙과 열어구列禦寇, 한시대의 장량, 당시대의 장화張華, 안진경, 이백, 이필李泌, 백낙천, 한유, 그리고 명시대의 임홍林鴻 등인데, 어떤 사람은 상제가 직접 불러서, 어떤 사람은 추천에 의하여 상제의 승인을 받고 올라간다. 이중 장홍萇弘은 영왕靈王을 따라 올라가서 상제에게 죽임을 당한다. 그리고 춘추전국시대의 장몽과 열어구 및 당시대의 백락천을 불러들이면서 전자 곧 장몽과 열어구에 대하여는 공자에게 이단이 됨을 면하지 못하리라 하고는 제선국으로 와서 공부하게 하였고, 후자 곧 백락천에 대하여는 선분仙分이 있고 불조佛祖에 참여하였으나 뜻은 신선에 있었다고 하고서는 제선국에 두어 수양했으면 좋겠다고 하자 그렇게 하게 하였다. 이를 보면 제선국은 공부하고 수양하여 천상계인 옥황상제의 나라에 도달할 수 있는 세계이다. 옥황상제가 직접 다스리는 천상계는 아니나 역시 하나의 천상계라고 할 수 있다.

지상계는 욕계이며 양계陽界이다. 이곳은 천상계의 옥황상제가 보낸 군사君師가 내려와서 다스리는 곳이며, 왕조가 교체되고 인물들이 활동하는 자아와 세계가 대결하는 장소이다.

지부地府는 또 하나의 세계로서, 저승 곧 사람이 죽은 뒤에 그 혼이 가서 산다고 하는 세상이다. 지부는 어떤 사실을 옥황상제에게 고하기고 하고 건의하기도 하는 상제의 관리 아래에 존재하는 하나의 세상이다. 옥황상제는 지상계의 인물들을 천상계로 바로 올릴 것인가, 제선국에 둘 것인가, 지부에 맡길 것인가를 판단하는데, 이를 통해 해당 인물에 대한 〈옥황기〉 저자의 포폄의식을 엿볼 수 있다.

〈옥황기〉는 옥황상제 제시 부분을 포함하여 전설시대, 삼대시대, 춘추전국시대, 진秦시대, 한시대, 삼국 - 위진남북조시대, 수시대, 당시대, 송시대, 원시대, 명시대로 그 단락을 구분하면 이해하기가 편리할 것이다.

먼저 옥황상제를 제시한 후, 전설시대에는 유소씨有巢氏, 수인씨燧人氏, 신농神農, 복희伏羲, 헌원軒轅, 도당씨陶唐氏, 유우씨

有虞氏 등이 등장하며, 하은주 삼대시대에는 우왕, 걸왕, 탕왕湯王, 이윤伊尹, 주왕紂王 문왕, 무왕, 주공단周公旦단, 목왕穆王, 영왕靈王, 장홍萇弘 등이 등장하고, 춘추전국시대에는 관중, 노담老聃, 공자, 장자, 열어구列禦寇 등에 대하여 서술되어 있으며, 진秦시대에는 진시황과 조고 등에 대하여, 한시대에는 항적項籍, 유방, 장량, 모녀毛女, 상산사호商山四皓, 문제, 무제, 동방삭東方朔, 이소군李少君, 유안劉安, 팔공八公, 선제宣帝, 사량제史良娣, 광무제光武帝, 엄광嚴光 등에 대하여 서술되어 있다. 삼국 - 위진남북조시대에는 유비, 제갈량, 원제元帝, 장화張華 등에 대하여 기술되어 있으며, 수시대에는 양제에 대하여 기술되어 있고, 당시대에는 이세민, 측천무후, 창벽蒼璧, 현종, 양귀비, 숙종, 진여眞如, 한황韓滉, 안진경, 이백, 이필李泌, 이임보李林甫, 노기盧杞, 엄무嚴武, 이위李尉, 나공원羅公遠, 현종, 백락천, 한유, 황소黃巢 등에 대하여 기술되어 있다. 그리고 송시대에는 조광윤趙匡胤, 진단陳摶, 진종眞宗, 휘종徽宗, 소식蘇軾, 소옹邵雍, 임영소林靈素, 곽소郭紹, 고종高宗, 강여지康與之, 악비, 주희 , 방조산方朝散, 채소하蔡少霞 등이 등장하며, 원시대에는 철목진鐵木眞, 홀필렬忽必烈, 순제順帝 등이 등장하고, 명시대에는 주원장朱元璋, 장경화張景和, 유백온俞伯溫, 화운花雲, 태종太宗, 하원길夏原吉, 조문희曹文姬, 임홍林鴻, 장진인張眞人 등이 등장한다.

Ⅱ. 〈옥황기玉皇紀[1]〉 현대어역

옥황상제玉皇上帝[2]는 혼돈씨混沌氏[3]의 아들로 선천先天[4] 반고盤古[5] 때에 태어났다. 처음 상제의 지위에 올랐을 때, 그 덕은 신명神明[6]하고 그 도는 광대廣大하여, 자연스러운 쓰임을 운행運行하고 말 없는 교화를 행하니, 그 공덕이 넓고도 넓어 이름붙일 수 없었다.

지공至公을 마음으로 삼고, 지건至健을 기氣로 삼고, 지허至虛를 본성으로 삼고, 경청輕淸을 자질로 삼고, 유구悠久함을 체體로 삼았으며, 수명은 무궁하였다.

자부紫府[7]에 도읍하고는, 그 도읍을 백옥경白玉京이라고 하고, 자운紫雲을 성城으로 삼고, 청운靑雲을 곽郭으로 삼아 오성五城이라고 하였다. 도성 밖의 물을 은하銀河라고 하고, 포浦를 은포銀浦라 하였으며, 성 안의 거리를 천가天街라 하고 부府를 천부天府라

---

1) 옥황기玉皇紀 : 옥황은 옥황상제를 뜻하고, 기紀는 왕이나 황제에 관한 기록이라는 의미임.

2) 옥황상제玉皇上帝 : 옥황대제玉皇大帝라고도 하며 도교에서의 최고의 신으로 하늘의 28수 속 곧 자미원紫微垣에 산다고 한다. 천자天子라고도 함.

3) 혼돈씨混沌氏 : 혼돈씨渾沌氏라고도 쓰며, 천지개벽 이전의 불분명한 상태를 말함.

4) 선천先天 : 창건되기 이전의 세상을 이르는 말.

5) 반고盤古 : 일명 혼돈씨混沌氏라고도 하며 천지가 개벽할 때에 맨 먼저 나와서 세상을 다스렸다는 신화 속의 인물.

6) 신명神明 : 신령스럽고 이치에 밝음.

7) 자부紫府 : 신선이 사는 곳으로 선부仙府·선계仙界와 같은 말임.

하였는데, 모두 은 모래와 옥같은 땅으로 맑게 빛났다.

상제는 언제나 자미궁紫微宮[8] 옥청전玉淸殿에 거처하였는데, 그 별궁을 수정궁水晶宮 · 옥화궁玉華宮 · 태청궁太淸宮이라 하고, 그 별전別殿을 광한전廣寒殿 · 요화전瑤華殿 · 군옥전羣玉殿이라 하며, 그 누樓를 자허루紫虛樓 · 백옥루白玉樓라 하고, 그 대臺를 경대瓊臺 · 요대瑤臺라 하였는데, 모두 상제가 때때로 출어出御[9]하는 곳이었다.

천조天曹의 관원은 태을太乙, 염정廉貞, 하고河鼓, 유柳, 성星, 필畢, 자觜, 삼參, 장張, 익翼, 진軫, 남기南箕, 문곡文穀 등이었으니, 이들은 곧 근시近侍였다.

희화羲和[10]에게 해[일거日車]를 맡게 하며, 망서望舒[11]에게 달[월륜月輪]을 맡게 하고, 병예屛翳[12]에게 운구雲衢를 맡게 하며, 풍륭豐隆[13]에게 뇌부雷府를 맡게 하고, 우사雨師에게 천정天井을 담당하게 하며, 풍백風伯에게 대괴大塊[14]를 담장하게 하였다.

사시四時를 맡은 사람과 오행五行을 맡은 관리가 모두 위의를

---

8) 자미궁紫微宮 : 옥황상제가 사는 궁궐.

9) 출어出御 : 임금이 내전內殿에서 외전外殿으로 나오거나 대궐 밖으로 나가던 일.

10) 희화羲和 : 해가 탄 수레〔日車〕를 몰고 다닌다고 하는 전설상의 신.

11) 망서望舒 : 달을 둥근 바퀴로 생각하여 그 바퀴를 몰고 가는 신을 망서望舒라 함.

12) 병예屛翳 : 바람 귀신 즉 풍사風師의 이름이다. 일설에는 풍신風神, 우신雨神, 뇌신雷神을 총칭하기도 한다고 함.

13) 풍륭豐隆 : 구름과 천둥을 주관하는 귀신 이름으로 뇌사雷師라고도 함..

14) 대괴大塊 : 큰 덩어리, 또는 하늘과 땅 사이의 대자연, 지구를 가리키는 말.

갖추고 맡은 직위에 나아가 빠진 곳이 없었다.

또 사해四海에 각각 군장을 두어, 아명阿明·축융祝融·거생居生·옹강雍强[15]이라 하였는데, 나누어 해국海國의 임금으로 삼았다. 그곳의 오악五岳[16]과 사독四瀆[17]에도 각각 전수典守[18]하는 관직을 설치하여 다스림이 있게 하였다.

상제가, 나감에는 곧 운광련雲光輦을 타고, 앉음에는 곧 홍운의紅雲椅에 앉으며, 운하雲霞와 일월日月로 된 옷을 입고, 용봉龍鳳과 경문瓊紋으로 된 신을 신으니, 정광精光이 현요炫燿[19]하고 상서로운 광채가 영롱玲瓏하였으며, 천안일표天顔日表[20]가 바라봄에 찬란하였다.

어느날 상제가 조회를 열었는데, 자하紫霞의 일산日傘을 펴고, 청홍靑虹의 독纛[21]을 세우고, 좌우 시녀들이 각기 제 것을 들고

---

15) 아명阿明·축융祝融·거생居生·옹강雍强 : 아명은 동해의 신, 축융은 남해의 신, 거생은 거승巨乘이라고도 하며 서해의 신, 옹강은 우강禺强이라고도 하며 북해의 신을 가리킴.

16) 오악五岳 : 우리나라의 이름난 다섯 산, 곧 동의 금강산, 서의 묘향산, 남의 지리산, 북의 백두산, 중앙의 삼각산을 가리키는 경우도 있고, 중국의 이름난 다섯 산으로 동의 태산泰山, 서의 화산華山, 남의 형산衡山, 북의 항산恒山, 중앙의 숭산嵩山을 가리키는 경우도 있으며, 사람의 얼굴에서 이마, 코, 턱, 좌우 광대뼈를 가리키기도 함.

17) 사독四瀆 : 나라에서 해마다 제사를 지내던 네 방위의 강江. 동독東瀆, 남독南瀆, 서독西瀆, 북독北瀆이 있었음.

18) 전수典守 : 곡식이나 물건 따위를 맡아서 지킴.

19) 현요炫燿 : 반짝반짝 빛나 눈을 부시게 함.

20) 천안일표天顔日表 : 제왕의 상서롭고 기이한 얼굴과 겉모습.

21) 독纛 : 임금이 타고 가던 가마 또는 군대의 대장 앞에 세우던 큰 의장기로 쇠꼬리 또는 꿩의 꽁지로 제작한다 함.

줄을 나누어 옥처럼 서있으니,

'두쪽에서 어좌를 바라보며 조회로 인도한다.'

고 말하는 모습이었다.

명정明庭은 담쇄淡灑[22]하고 옥반玉班은 정제整齊[23]하였으며, 여러 영관靈官들은 모두 적상포赤霜袍[24] · 백예상白霓裳 · 성관星冠[25] · 하패霞佩[26]로 순서대로 뜰에 나뉘어 서 있었다. 조배朝拜가 끝남에 상제가,

"천하가 이미 넓어져 억조億兆가 지극히 많은데, 욕계慾界에 임금이 없으면 혼란스럽게 될 것이다."

하고는, 드디어 유사有司에게 명하여 군사君師를 세웠는데, 이것이 역대 제왕이 생겨난 시초였다.

상제가,

"나충裸蟲[27] 삼 백 중에 사람이 제일이다. 벌레 · 뱀 등과 뒤섞여 혈거穴居해서는 안되니, 나무를 얽어 집을 만드는 법을 알려주어야 하고, 날 것을 먹으면서 새와 짐승과 구별 없이 살아서는 안 되니, 불을 사용하는 법을 알려주어야겠다."

하니, 두 영관靈官이 반열에서 나와 가기를 원하거늘, 상제가

---

22) 담쇄淡灑 : 담박하고 깨끗함.

23) 정제整齊 : 정돈하여 가지런히 함, 또는 격식에 맞게 차려입고 매무시를 바르게 함.

24) 적상포赤霜袍 : 신선들이 입는 긴 도포.

25) 성관星冠 : 신선이나 도사가 쓰는 모자.

26) 하패霞佩 : 신선이 차고 다니는 패옥.

27) 나충裸蟲 : 몸을 보호하는 깃털 · 비늘 · 껍질 등이 없는 동물.

허락하였다. 한 사람은 가서 유소씨有巢氏[28]가 되고, 한 사람은 가서 수인씨燧人氏[29]가 되었다.

상제가 반부班部 중에서 사람 몸에 소의 머리를 한 자를 불러,

"하민下民은 피와 살로 된 몸이라 반드시 질병이 있고, 입과 배를 채우는 것을 반드시 곡물로써 해야 하니, 그들이 치료하고 약이 되는 풀과 농사짓는 기구를 그대가 가르쳐 주기 바란다."

하였다.

뱀의 몸에 사람 머리를 한 자를 불러서,

"음양 이의二儀가 나누어지기 전에 수數는 이미 먼저 갖추어져 있었다. 내가 용마龍馬에 그림을 보여주고자 하나, 생각하건대 그것을 이해하는 자가 없을 것 같다. 또 대도大道의 근원은 서계書契[30]가 아니면 밝게 드러내기가 어려우니, 그대는 선을 그어 수를 표시하고 글자를 만들도록 하라!"

하였다.

두 관인이 명을 받들고 떠나갔으니, 말하는 신농神農[31] · 복희伏羲[32]였다.

---

28) 유소씨有巢氏 : 중국 고대 전설상의 성인으로 사람에게 집을 짓는 것을 기르쳤다고 함.

29) 수인씨燧人氏 : 중국 고대 제왕으로 불을 쓰는 법과 음식물을 조리하는 법을 전하였다고 함.

30) 서계書契 : 나무에 새긴 글자로 중국 태고의 글자를 말함.

31) 신농神農 : 중국 고대 삼황三皇의 하나로 농업 · 의료의 신을 말함.

32) 복희伏羲 : 중국 고대 제왕으로 수렵과 어로漁撈를 가르치고 팔괘를 처음으로 고안했다고 전함.

상제가 명하기를 마치고, 유사들 불러 조칙詔勅[33]을 내리기를,

"내가 다스리는 아래의 허다한 사람들은 비록 하토下土에서 태어났으나 실은 하늘의 백성이다. 군사君師가 된 자가 그들을 어루만져 주고 길러주고 사랑하고 구휼救恤[34]한다면, 이는 나를 본받은 자일 것이요, 만약 그들을 침범하거나 학대하거나 죽이거나 해친다면, 이는 나를 거스르는 자일 것이다. 나를 본받은 자들은 보필해주고, 나를 거스르는 자들은 즉시 교체하도록 하라. 너희 유사들은 잘 살펴서 나에게 말하도록 하라!"

하였다.

상제가 또 진재眞宰[35]를 봉하여 사명군司命君[36]으로 삼고는,

"너는 수명과 빈부와 귀천을 담당하되, 수명은 백사 십을 평균으로 하고 빈부귀천은 그 사람의 선악을 살펴서 가감하도록 하라."

하니, 사명군司命君이 나아와,

"사람은 이목구비가 있어 그 욕심을 제어하기 어려워, 스스로를 죽이고 스스로를 해치는 자가 넘쳐나, 사오 십에 이르지

---

33) 조칙詔勅 : 조서詔書라고도 하며 임금의 명령을 일반에게 알릴 목적으로 적은 문서를 말함.

34) 구휼救恤 : 사회적 또는 국가적 차원에서 재난을 당한 사람이나 빈민에게 금품을 주어 구제함.

35) 진재眞宰 : 도의 본체인 하늘, 또는 우주 만물의 주재자를 가리킴.

36) 사명군司命君 : 사람의 목숨을 맡은 신.

못하는 사람이 많은데, 더더구나 백사 십이라니요? 이는 수명의 한계에 미치지 못하는 것입니다. 어떤 경우에, 진眞을 기르고 몸을 단련하여 신비한 방술方術[37]과 도인導引[38]의 술법을 얻은 자들은 그들의 수명을 훔쳐 생사 밖에서 초연하게 사는데, 이는 합당한 수명의 한계를 넘어서는 것입니다. 이와 같이 한계를 넘어서거나 미치지 못하는 자는 어떻게 처리할까요? 또 가난하고 천해야 할 사람이 어떤 경우에 청탁으로 인하여 부귀를 도모해서 얻는 경우도 있고, 부귀해야 할 자가 어떤 경우에 빈천하게 됨을 면하지 못하는 경우도 있으니, 이런 종류의 일들은 또한 어떻게 처리해야 합니까?"

하자, 상제가,

"수명을 스스로 죽이거나 해치는 사람은 그만이지만, 심함에 이르지 않은 사람들은 팔 십, 칠 십, 육 십으로 차등을 두어라. 또 악하면서도 부귀한 사람들은 그 자신은 다행히 화를 면했을지라도 그 자손이 그 재앙을 받을 것이요, 선하면서도 빈천한 사람들은 비록 그 자신은 누리지 못했을지라도 그 자손에게 복을 내려주면 될 것이다. 이 결정을 항식恒式으로 삼도록 하여라. 진眞을 기르고 몸을 단련한 자들은 선적仙籍에 오른 사람들이니 상규常規로 대해서는 안된다. 다시 아뢰어 물어본 뒤에

---

37) 방술方術 : 방법과 기술을 아울러 이르는 말로 쓰이는 경우도 있고, 방사方士가 행하는 신선의 술법을 이르기도 함.

38) 도인導引 : 도가에서 신선이 되기 위한 양생법의 하나로서 몸을 굴신屈伸하면서 신선한 공기를 마시는 것을 말함.

시행하라!"
하였다.

상제가 또 지부地府 왕에게 조칙詔勅[39]을 내려,

"모든 선한 사람을 억울하게 하지 말고, 음란한 사람을 감히 보호해주지 마라. 국군國君이라고 봐주지 말고, 필부匹夫라고 소홀히 대하지 말라. 그의 악의 경중을 보고 죄의 대소를 살펴 형벌을 적용하고 시행하라. 모든 것을 천조天曹에 물어볼 것이며, 맡은 직분을 공경히 행하라!"
하였다.

삼월 상사일上巳日[40]은 바로 여러 신선들이 조하朝賀하는 날이었다. 이날 상제가 옥청전玉清殿에 나아가 광성자廣成子[41]를 보내 헌원軒轅[42]을 불렀다.

예전에 광성자가 공동산崆峒山에 은거하고 있었는데, 헌원이 무릎으로 기어와 알현謁見하고 옷섶을 펼치고는 배움을 청하였다. 광성자가 대도大道의 요체를 간략히 들어서 학문의 방법을 알게 하였더니, 헌원이 마음으로 터득하고 몸소 실천하였으며 부지런히 노력하여 게을리 하지 않았다.

이에 이르러 광성자가 상제에게 추천하며,

---

39) 조칙詔勅 : 임금의 명령을 일반에게 알릴 목적으로 적은 문서.
40) 상사일上巳日 : 음력 정월의 첫 사일巳日을 가리키는 말.
41) 광성자廣成子 : 고대 황제 때의 신선의 이름.
42) 헌원軒轅 : 황제黃帝의 이름. 헌원軒轅의 언덕에서 태어났음. 곡물 재배를 가르치고 문자·음악·도량형 등을 정하였다고 함.

"천인天人의 단결丹訣[43]은 그 사람이 아닌데도 전해주면 죄가 되고, 그 사람인데도 전해주지 않으면 또한 죄가 되는 것이 상제의 명령입니다. 제가 십분 신중하게 골라 헌원을 가르쳤습니다. 헌원은 본래 천관으로서 아래로 내려온 자입니다. 그의 학문은 쉽게 이루어졌고 그의 재주는 지극히 밝으니 보필하는 책무를 맡을 수 있을 것입니다."
하자, 상제가 즉시 광성자에게 부르게 하였던 것이다.

헌원은 막 정호鼎湖에서 가마솥을 주조하고 있었는데, 상제의 명을 듣고는 용을 멍에하여 타려고 하였다. 그의 신하로서 용의 수염을 잡으려는 자들도 또한 많았는데, 수염을 잡지 못한 자들은 바라보며 소리내어 울었다. 헌원이 그의 활과 칼을 주어 그들을 위로하고는, 바로 그날 하늘의 조정에 올랐다. 상제가 시위侍衛[44]로 삼게 하였다.

상제가 하상공河上公을 보내 유우씨有虞氏를 불렀다. 예전에 유우씨가 『선천역先天易』을 배우고자 했으나 그 스승을 얻지 못하고 있었더니, 하상공이 알고서 가서 가르쳐주고 또 『단경丹經』으로 그의 마음을 개오開悟시켜주었다. 유우씨有虞氏는 성자聖者였기에 한 번 그의 학문을 받음에 박통博通하지 않음이 없었다. 하상공이 상제에게 추천을 한 까닭으로 부르게 하였던 것이다.

---

43) 단결丹訣 : 선인과 도사가 만드는 장생불사약을 말함.

44) 시위侍衛 : 임금이나 어떤 모임의 우두머리를 모시어 호위함. 또는 그런 사람.

상제가 사우姒禹[45]를 보내 홍수를 다스리게 하였는데, 그때에 홍수가 멋대로 흘러 산을 무너뜨리고 언덕을 넘어 천하에 범람하여, 백성들이 탄식한 것이 이미 9 년에 이르렀다. 상제가 좌우 신하들에게,

"유능한 사람이 있으면 다스리게 하라."

하자, 좌우 신하들이,

"수해가 이와 같으니 비록 도당씨陶唐氏[46]가 마음을 다하여 다스리고자 했으나 진실로 인력으로 할 수 있는 일이 아니었습니다. 지금 우禹가 이름이 단대丹臺에 속해 있으니, 이 물을 다스릴 사람은 반드시 이 사람입니다."

하자, 상제가 명하였던 것이다.

우가 이미 공이 이루어졌음을 고하자, 상제가 현규玄圭를 내려 우씨虞氏가 소유했던 천하를 대신하게 하였다. 옛날에 명령을 받은 사람들은 다 관천하官天下[47]를 했었는데, 우禹에 이르러 처음으로 천하를 자손에게 전하게 하였으니, 큰 공을 아름답게 여긴 까닭이었다.

모든 상제가 있는 곳에 오르는 자는 비록 인간 세상에서 이미 도를 터득했을지라도 다시 제선국梯仙國[48]에서 일 만 일 동안

---

45) 사우姒禹 : 하나라의 시조인 우禹임금을 가리키며, 사姒는 성임.

46) 도당씨陶唐氏 : 중국 오제五帝의 한 사람인 요堯를 이르는 말. 처음에 당후唐侯에 봉해졌다가 나중에 천자가 되어 도陶에 도읍을 세운 데서 유래하였음.

47) 관천하官天下 : 황제의 지위를 공식적으로 훌륭한 사람에게 선양하는 것.

수련을 해야 비로소 오를 수 있었는데, 헌원과 유우有虞는 제선국을 거치지 않고 한 번에 곧장 올라왔으니, 생지生知[49]할 수 있었기 때문이었다.

상제가 천을天乙[50]에게 하夏 나라 걸桀을 치게 하였는데, 걸이 왕이 되어 말희妺喜[51]에게 깊이 혹매惑昧[52]되어 크게 음욕淫慾을 자행하고 백성들을 초개草芥[53]같이 여겨서, 잔학한 기운은 하늘에 서리고, 천하는 도탄에 빠지고 원망은 하늘을 뚫었기에 상제가 듣고서 이 명령을 내린 것이다.

천을天乙이 박읍亳邑[54]에서 일어나 처음 갈백葛伯을 정벌함에, 동쪽을 정벌하면 서쪽이 원망하고 가는 곳마다 백성들이 서로 기뻐하고 그 싸움을 수고롭게 여기지 않은 것은 상제에게 응했기 때문이었다.

이윤伊尹은 선조仙曺의 시신侍臣으로 하계下界에 내려와 천을을 보좌하였는데, 모든 경우에 한결같은 덕을 지니고 있어 현조玄鳥[55]의 기업基業을 열고, 다시 태갑太甲의 지위를 임금으로

---

48) 제선국梯仙國 : 제선梯仙은 수행을 통해 점차 신선이 되어가는 것을 말하며, 제선국은 신선이 되기 위해 수행하는 나라를 가리킴.

49) 생지生知 : 나면서부터 이치를 알기에 배우지 않아도 사물의 도리를 알아 그것을 실행한다는 말이며, 이러한 사람인 성인聖人을 이르기도 함.

50) 천을天乙 : 은나라 탕湯임금을 말함.

51) 말희妺喜 : 하나라 걸왕桀王의 비妃로 걸왕과 함께 날마다 술을 마시며 즐기다가 탕湯이 걸을 정벌할 때에 남소南巢로 도망가서 죽었음.

52) 혹매惑昧 : 이치에 어두어 현혹眩惑됨.

53) 초개草芥 : 풀과 티끌이라는 뜻으로, 하찮은 사물 이르는 말.

54) 박읍亳邑 : 은殷나라의 수도.

만든[56] 연후에 상제가 다시 이윤을 불러들였다. 당시 은나라 사람들은 이윤이 하늘에서 내려온 것은 모르고 그가 공상空桑에서 태어났다[57]고 하였으니, 세속의 흐릿한 눈으로 어찌 그가 다시 하늘로 돌아갔음을 알았겠는가!

천을의 후예 주紂는 달기妲己[58]에게 빠져, 생령生靈을 살육殺戮하고 사람을 불로 태우고 지지며 독충이 우글거리는 구덩이에 빠뜨리는 것이 너무 심하였는데, 맨발로 물을 건너는 사람의 정강이를 자르고 임산부의 배를 가르는 것이 너무나 참혹하였다. 천하 사람들이 고통스러워하며,

"이 해가 언제나 없어지나? 내가 너와 함께 망했으면 좋겠다."

라고 하였다. 또 스스로,

"나의 삶은 명命이 하늘에 있지 않은가!"

라고 하며, 핑계대며 속이는 일이 또한 지극하였다. 상제가 크게 노하여 희발姬發[59]에게 빨리 가서 그를 정벌하게 하였다.

---

55) 현조玄鳥의 기업基業 : 고신씨高辛氏의 비妃이며 유융씨有娀氏의 딸인 간적簡狄이 제비의 알을 삼키고 설契을 낳았는데, 후세에 상씨商氏가 되어 천하를 소유하게 되었다고 한다. 현조는 제비이고 현조의 기업은 은나라의 기업을 의미함.

56) 탕을 이어 태갑이 즉위하였는데, 태갑이 탕의 도를 이으려 하지 않자 이윤이 태갑을 탕의 묘가 있는 동桐으로 추방하였다. 3년 후에 태갑이 마음을 고치고 덕을 진실되게 하자 이윤이 다시 그를 맞이하여 왕으로 삼았다.

57) 공상空桑 : 이윤이 태어난 곳.

58) 달기妲己 : 중국 은殷나라 주왕의 비妃, 유소의 딸. 왕의 총애를 믿고 음탕하고 포악暴惡했는데, 뒤에 주周나라 무왕이 그를 죽였음. 독부毒婦의 비유이기도 함.

59) 희발姬發 : 주나라 무왕武王의 성은 희姬이고 이름은 발發임.

예전에 서백西伯 희창姬昌[60]이 천하를 삼분하여 그 중에 둘을 소유하기에 이르렀으나, 상제는 주紂가 악행을 고치기를 바라고 있기에 희창姬昌에게 우선 상商나라를 없애려는 뜻을 늦추게 하였더니, 뜻과 다르게 주紂의 학정이 오래가고 더욱 심해지자, 마침내 희발姬發을 재촉하여 백성들을 위로하고 주를 정벌하게 하였으니, 『시경』에서 이른바,

'이에 서쪽 땅을 돌아보았다.'

라는 것이 바로 이것이다.

희발이 부친은 세상을 떠났는데도 장사지내지 않고 맹진孟津에서 관병觀兵하고 기일을 정하여 거사擧事한 것은 상제의 명이 급했기 때문이었다. 팔백 나라가 기약하지도 않았는데 스스로 모이고, 불꽃이 희발이 머물고 있는 집 지붕으로 흘러내려와 까마귀로 변하고, 황하를 건널 때에 흰 물고기가 희발의 배에 들어온 것은, 인심을 따르고 하늘에 응함이 나타난 것이다.

괴이한 귀신 천리안千里眼과 순풍이順風耳가 흉계를 부리고 간교함을 나타내어 희발을 막으려 하자 상제가 노하여 그들을 죽어버렸다. 태공망太公望[61]이 천 년 된 늙은 뽕나무를 가져다가 불을 지펴 공격한 것도 바로 상제가 인도해준 것이었다. 갑자일甲子日에 희발이 조가朝歌에 들어가 주의 머리를 효수梟

---

60) 희창姬昌 : 주나라 문왕文王의 성은 희姬이고 이름은 창昌임.

61) 태공망太公望 : 중국中國 주周나라 초엽 조신朝臣. 성은 강姜, 이름은 상尙. 속칭은 강태공姜太公. 문왕이 위수渭水 가에서 처음 만나 군사軍師로 삼았으며, 뒤에 무왕武王을 도와 은殷을 멸망시켰음.

首[62]하여 태백기太白旗에 건 것도, 희발姬發이 상제의 노여움이 심한 것을 알았기 때문이었다.

희발이 즉위하자, 상제가 사해四海와 하독河瀆의 군장君長에게 모두 와서 주나라의 명을 따르게 한 것은, 그 교화를 넓히고자 하였기 때문이었다. 이때 큰 눈이 내렸는데, 태공太公이 팥죽을 만들어 그 군장들을 대접하였는데, 이는 상제의 명으로 왔기 때문에 그들을 위로하여 전송한 것이었다.

얼마 있지 않아서, 상제가 응룡應龍[63]을 보내 주공 단周公旦[64]을 돌아오라 불렀는데, 주공은 동쪽을 징벌하고 있었는데, 상제가,

"희모姬某는 하계에서 주나라 왕실을 보좌하는데, 나이 어린 임금에게 의심을 받아 동도東都에서 3 년간 거처하며 아직도 도성으로 돌아가지 못하고 있다. 내가 그의 무죄를 밝혀주지 않는다면. 장차 천하 후세에 죄가 없다는 것을 드러내 말할 수 없을 것이다."

하고는, 풍륭豊隆[65] · 열결列缺[66] · 비렴飛廉[67] 등에게 하늘의 위엄을 떨쳐 일으켜 성왕成王을 깨우치게 하였다. 풍륭 등이

62) 효수梟首 : 죄인의 목을 베어 높은 곳에 매다는 처형.
63) 응룡應龍 : 구름을 일으키고 비를 내리게 하는 신.
64) 주공단周公旦 : 문왕의 아들이자 무왕의 동생으로 무왕이 죽자 조카를 도와 주周나라의 기초를 다졌으며, 성은 희姬이고 이름이 단旦임.
65) 풍륭豊隆 : 구름.
66) 열결列缺 : 번개.
67) 비렴飛廉 : 바람.

나무를 뽑고 벼를 쓰러뜨려 하늘의 노여움을 드러내 보이니, 성왕이 과연 크게 두려워하여 주공을 맞이하였다.

주공이 총재冢宰[68]로 있을 때 연구국然丘國이 와서 비익조比翼鳥[69]를 바쳤는데, 백여 나라를 지나는 동안, 철현鐵峴을 지나고, 비해沸海에서 사주蛇洲를 건너고, 봉잠蜂岑을 넘었다. 이른바 철현은 가파르고 험하기가 날카로운 칼과 창끝 같았고, 비해는 물이 세차고 용솟음치는 것이 끓는 물과 같았으며, 사주는 뱀과 도마뱀이 사는 동굴이었고, 봉잠은 벌과 전갈이 모여 사는 곳이었는데, 사신들이 철현에서는 금강석으로 수레바퀴를 만들었고, 비해에서는 순동純銅으로 배의 밑바닥을 댔으며, 사주에서는 표범 가죽으로 수레 위에 장막을 만들었고, 봉잠에서는 호소목胡蘇木으로 수레 앞에 불을 피워, 15년이 지나 드디어 낙읍洛邑에 도착하였다. 그 나라에서 출발할 때는 모두 아이처럼 예뻤는데, 경사京師[70]에 이르렀을 때에는 수염과 머리가 다 쉬었으며, 그 나라로 돌아가게 되자 다시 소장小壯처럼 변하였다.

그 비익조는 모습이 까치와 비슷했는데, 남해의 붉은 진흙을 물어다가 곤륜산 꼭대기 현목玄木에 둥지를 틀었다. 나라에 성인이 있으면 날아와 모여드니, 이는 바로 상제가 주공에게 상서

---

68) 총재冢宰 : 재상을 가리키는 말이며, 조선조에서는 이조판서를 일컫기도 하였음.

69) 비익조比翼鳥 : 암컷과 수컷의 눈과 날개가 하나씩이어서 짝을 짓지 아니하면 날지 못한다는 전설상의 새임.

70) 경사京師 : 경京은 크다는 의미이고 사師는 많다는 의미인데, 사람과 재물이 많이 모여 있는 곳, 곧 수도를 의미함.

로움을 드러내는 방법이었다. 주공이 행한 것을 상제가 모두 보았기 때문에, 이때에 이르러 응룡應龍을 보내 돌아오라고 부른 것이다.

상제가 한가로이 있을 때, 왕모王母가,

"신이 일찌기 현포玄圃[71]에서 노닐 적에 목만穆滿[72]이 팔준마八駿馬를 타고 왕량王良과 조보造父[73]를 마부로 삼아 서쪽으로 곤륜산에 들어왔는데, 도를 구함이 매우 간절하였습니다. 신이 요지瑤池에서 가까이 불러 현로주玄露酒를 마시게 하고 황죽곡黃竹曲[74]으로 흥을 돋우었더니, 그 나라 서언徐偃의 변란[75] 때문에 잠시 우선 돌아가 있지만, 그의 더럽고 먼지 묻는 골수骨髓[76]는 이미 변했을 것입니다. 불러서 제선국梯仙國에서 조칙을 받들게 함이 어떻겠습니까?"

---

71) 현포玄圃 : 곤륜산崑崙山 정상의 신선이 산다고 전하는 곳.

72) 목만穆滿 : 주나라의 목왕穆王을 가리킴.

73) 왕량王良과 조보造父 : 모두 말을 잘 다루던 사람이다. 조보는 주나라 목왕 밑에서 말을 잘 몰았고, 왕량은 춘추 시대 진晉의 대부로 조간자趙簡子 밑에서 말을 몰았던 사람임.

74) 황죽곡黃竹曲 : 주나라 목왕이 황대黃台의 평택平澤에서 사냥할 때 날씨가 몹시 춥고 눈과 비가 퍼부어 얼어 죽은 사람이 있음을 듣고, 애결한 뜻을 노래한 3장의 황죽시黃竹詩를 말함.

75) 서언徐偃의 변란 : 주나라 목왕 때에 서국徐國을 다스린 제후이다. 목왕이 서쪽으로 가서 사냥에 빠져 돌아오기를 잊었고, 때마침 서언왕은 진陳과 채蔡의 사이에서 하구를 준설하다가 주궁시朱弓矢를 얻어 천서天瑞라고 기뻐하며 왕이라 칭하자 목왕이 초楚나라를 시켜 정벌하게 하였음.

76) 골수骨髓 : 원래 뼈의 내강內腔에 차 있는 누른빛 또는 붉은빛의 연한 조직을 의미하나, 보통 마음 속 또는 요점要點, 골자骨子를 뜻함.

라고 아뢰자, 상제가,

"좋다"

고 했다.

상제가 또 제선국에 명을 내려 주나라 영왕靈王과 장홍萇弘[77]을 불러오게하니, 태을진인이 상제에게,

"영왕은 본래 저의 제자인데 하계로 내려가 주나라에서 태어난 자입니다. 그는 나라 안에서, 악곡崿谷의 그늘에서 자라는 나무를 가져와 백 길이나 되는 구름에 닿을 정도의 대臺를 만들어 곤소昆昭라고 하였습니다. 그 위에 직접 올라 갈 때마다, 구름을 탈 수 있기를 바랐기에 제가 근자에 아뢰어 불러오려고 하였습니다.

듣자하니, 요상한 두 사람이 용과 봉새가 끄는 수레를 타고, 푸른 용과 옥빛 규룡을 멍에하여 영왕의 처소에 왔다고 합니다. 쇠도 녹일 수 있는 무더운 날에, 그 중 한 사람이 숨을 들이마셨다가 한 번 내뿜으면, 먹구름이 사방에서 몰려오고 어지러이 날리는 눈이 하늘을 가려, 못과 우물이 다 얼어 얼음이 되고, 사람과 짐승이 모두 뼛속까지 추위에 떨었습니다.

갑자기 그중 한 사람이 입김을 부니, 그 자리에서 뜨거운 훈풍이 방에 가득하여 사방에 앉은 사람들이 땀을 흘렸습니다. 이 두 사람의 변화무쌍함은 측량할 수 없는데, 신선이라고 칭탁

77) 장홍萇弘 : 주나라 영왕 때의 대부로 공자孔子가 그에게 음악에 대해 물었음.

하니, 진실로 자주색이 붉은 색을 어지럽히고 가라지가 벼 싹을 어지럽히는 것입니다. 영왕靈王의 심지心志를 이와 같이 황홀하게 하였으니, 환술로 사람을 현혹하는 무리들은 꾸짖고 벌하지 않을 수 없습니다."
라고 고하였다.

상제가 웃으며,

"이는 반드시 장홍萇弘 어린 아이가 농간을 부린 것일 것이니, 장홍을 먼저 벌해야 할 것이다. 그러나 장홍 또한 선재仙才라서 함부로 죽여서는 안 되고 검해劍解[78]를 해야 한다. 영왕과 함께 위로 올라오면, 그 요사스런 인간은 물리치지 않더라도 저절로 흩어질 것이다."
하였다.

드디어 제선국에 명을 내렸다. 그때에 장홍은 주살誅殺을 당했는데, 그의 피가 푸르게 변했으니, 이는 검해 劍解되었기 때문이었다.

주나라 왕실이 동천東遷[79]하자, 천하가 나뉘어 무너지고 칠웅七雄[80]이 힘을 겨루어, 사해에 피가 흐르고 난신적자亂臣賊子[81]가 연이어 나와, 산하가 끓는 물속에 있는 듯하였다. 주나라

---

78) 검해劍解 : 몸만 남겨놓고 혼백이 빠져 나가 신선으로 변화함.
79) 동천東遷 : 중국 주周나라가 평왕平王 때 장안長安에서 동쪽인 낙양으로 수도를 옮긴 것을 말함.
80) 칠웅七雄 : 중국 전국 시대에 할거하던 일곱 강국. 진秦, 초楚, 연燕, 제齊, 조趙, 위魏, 한韓을 이름.

는 호령할 수 없었고, 빈 그릇과 같아서 옹호하지 못하였다.

상제가 좌우 신하들에게,

"주나라의 역사가 끝나지 않았는데 위태롭고 어지럽기가 이와 같으니, 한 호걸을 길러 내어, 그의 왕을 보좌하여 천하를 한번 바로잡도록 해야겠다."

라고 하자, 빙선馮仙이 대열에서 몸을 빼어 대답하기를,

"신이 비록 몽매하나 그 임무를 맡아 상제님의 뜻에 부응하고자 합니다."

하고는, 당일에 하직하고 물러나와 하계로 내려와, 산 속에 은둔해 있는 선비들을 모았는데, 과연 관중管仲을 얻어 가르치고 길렀다.

관중의 재주와 지략이 세상에 으뜸이기도 했지만, 제환공齊桓公을 도와 여러 나라를 통합하고 주나라를 지키게 된 것은 모두 빙선馮仙이 이끌어준 것이었다. 그 후에 관중은 또 빙선의 인진引進을 받았다.

상제가 노담老聃을 부려천진백浮藜天眞伯으로 삼았는데, 노담은 잉태된 지 팔십 년이 되어서야 태어났으며, 날 때부터 눈썹이 희었고 손가락으로 오얏나무를 가리켰기 때문에 이李를 성으로 삼았다. 또 성장해서는 『도덕경道德經』 십만 자를 지었다.

사로乍老와 사소乍少라는 이인異人은, 형체를 숨기면 그림자

81) 난신적자亂臣賊子 : 나라를 어지럽게 하는 신하와 어버이를 해치는 자식.

가 생겨나고 소리를 들으면 형체를 감추었으며, 팔뚝 사이에서 네 마디 되는 금 술병을 꺼냈는데, 위에 오룡五龍의 봉인이 있었으며 푸른 진흙으로 봉해져 있었다. 병 속에는 순수한 옻과 같은 검은 액체가 들어 있었는데, 땅이나 바위에 뿌리면 다 저절로 전서체 · 예서체 · 과두체科斗體[82]의 글자가 되었다.

노담이 『도덕경』 십만 자를 옥첩玉牒[83]에 옮겨 쓰고 금줄로 엮어 옥갑玉匣[84]에 넣었는데, 주야로 정성을 다하였고, 금 액체가 다 떨어지면 심장을 갈라 피를 내어 먹 대신으로 사용했으며, 뇌골을 뚫어 태워 촛불로 삼았다. 골수와 피가 모두 다하면, 품속 옥관玉管 속에 있는 단약 가루를 찾아 그 몸에 바르면, 몸이 다시 예전처럼 되었다.

노담이 또 다시 경문 중에서 자질구레하고 번잡한 부분을 삭제하니 단지 오천 자만 남았다. 『도덕경』이 완성되고 일이 끝나자 이인들은 즉시 간 곳을 알 수 없었다. 이는 상제가 그들을 보내 노담을 도와 경문을 필사하게 한 것이었다.

노담은 수진修眞[85]의 조종祖宗[86]으로 주나라의 주하사柱下

---

82) 과두체科斗體 : 흔히 과두蝌蚪라고 쓰는데, 글자 모양이 머리는 굵고 끝이 가늘어서 올챙이를 닮았기 때문에 붙여진 이름임.

83) 옥첩玉牒 : 임금이나 왕족의 계보를 뜻하기도 하고, 하늘에 제사 지낼 때 제문을 쓴 문서를 가리키기도 하며, 불교나 도교의 경전을 지시하기도 하고, 귀한 책이라는 뜻으로, '역사책'을 달리 이르기도 함.

84) 옥갑玉匣 : 옥으로 만든 갑이란 의미로, 경대鏡臺를 달리 이르기도 하며, 중국 한나라 때에 임금의 장례에 쓰던 갖가지 기구를 지칭하기도 함.

85) 수진修眞 : 도교에서 진리를 수업하여 성정을 함양하는 것을 말함.

史[87]가 되었다가 관직을 그만두고 관문으로 나가던 중, 관령關令인 윤희尹喜가 가르침을 받들고자 하거늘, 지은 오천 자를 남겨주고는 곤륜산으로 들어갔는데, 상제가 그를 불러 봉해준 것이었다.

상제가 공부자孔夫子 구丘[88]를 광상산선백廣桑山仙伯으로 삼았다. 예전에 상제가, 대도大道를 아는 사람이 없어 천하가 긴 밤처럼 오랫동안 어둡고 사문斯文[89]이 땅에 떨어졌다고 여겨서, 드디어 공구孔丘를 천하에 소왕素王[90]으로 삼아, 가는 곳마다 교화가 되고 마음에 신묘해지는 묘리를 배우는 자들의 목탁木鐸으로 삼았다. 배우기를 싫어하지 않고 가르치는 것을 게을리 하지 않았으며, 만고에 걸쳐 몽매한 사람들을 밝게 깨우쳐 오도吾道의 원기元氣가 길이 이어지게 하였다. 그것이 천하에 우선 시행될 수 없었던 것은, 그의 도가 한 시대에만 행해지면 입언立言하여 만세에 가르침을 드리울 수 없을 것이라고, 상제가 염려했기 때문이었다.

---

86) 조종祖宗 : 시조가 되는 조상을 뜻하기도 하고, 임금의 조상을 가리키기도 하며, 가장 근본적이며 주요한 것을 비유적으로 이르는 말이기도 함.

87) 주하사柱下史 : 주나라 왕실의 장서실을 관리하는 벼슬인데, 노자가 이 벼슬에 있은 적이 있음.

88) 공부자孔夫子 구丘 : 공孔은 공자의 성이고 부자夫子는 선생을 높인 말이며, 구丘는 공자의 이름임.

89) 사문斯文 : 이 학문, 이 도道라는 뜻으로, 유학의 도의나 문화를 이르는 말이며, 유학자를 높여 이르는 말이기도 함.

90) 소왕素王 : 실제로 제왕의 지위에 있지는 못하여도 제왕의 공덕이 있다는 뜻으로 공자를 말함.

드디어 『시』·『서』를 산삭刪削하고 『예』·『악』을 정리하였으며 『춘추』를 편수하고 『주역』을 찬술하였으니, 이는 감히 상제가 부여한 책무를 저버릴 수 없었기 때문이었다.

또 선결仙訣에 대해서도 깊이 통달하지 않음이 없었으나 밖으로 드러내지 않은 것은, 사람들이 스스로 헤아리지도 않고 망령되이 추종할까 걱정해서였다. 그래서 사람들에게,

"은벽한 것을 찾고 괴이한 것을 행하는 것을 후세에 서술하는 이가 있는데, 나는 이러한 일을 하지 않는다.[91] 선도仙道로써 어찌 은벽하고 괴이한 일을 행할 수 있겠는가? 망령되이 추종하는 사람들을 위해 돌이켜서 말해주는 것이다."

라고 하였다.

도가 이미 크게 이루어지자 지팡이를 짚고 새벽에 노래하며, 흰 구름을 타고 상제가 있는 곳에 이르자 상제가 그를 봉해준 것이다.

장몽莊蒙[92]과 열어구列禦寇[93]가 글을 올렸는데,

"신들이 행하는 도를 고상하다고 할 수 있는 것은 공허空虛에 들어갔기 때문입니다. 비록 감히 진묘眞妙의 경지에는 이르기를 바라지는 못하지만 또한 한 점 더러움도 가슴 속에 붙어있지

91) 『중용』에 素隱行怪 後世有述焉 吾弗爲之矣[드러나지 않는 것을 찾고 기이한 것을 행하는 것을 후세에 서술하는 사람이 있는데 나는 하지 않는다]라고 한 구절이 있음.

92) 장몽莊蒙 : 장자는 몽蒙땅 사람으로 그곳에서 칠원漆園 관리로 있었음.

93) 열어구列禦寇 : 전국 시대 사람으로 정鄭 나라에 살았음.

않습니다. 하인들이 하는 허드렛일이라도 맡아 천정天庭을 물뿌리고 청소할 수 있다면 만족하겠습니다."
라고 되어 있었다.

상제가,

"선학仙學은 본래 그 뜻을 대번에 취할 수 없다. 그러나 너희들이 지은 저서는 내가 볼 수 있게 올리도록 해라. 내가 그것이 될지 안될지를 살펴보겠다."

하거늘, 장몽 등이 각각 그들의 글을 올리자, 상제가 그것을 보고,

"너희들은 공구孔丘에 비하면 이단異端이 됨을 면하지 못하겠구나. 그러나 어린아이는 가르칠 만하니 제선국으로 가서 공부하도록 하라."
하였다.

상제가 호지군縞池君[94]을 죽였다. 이보다 앞서 유사관有司官이,

"천지의 운수는 차면 반드시 넘치는 까닭으로, 해는 기울어짐이 있고 달은 이지러짐이 있으며 해는 윤달이 있는 것이 이치입니다. 지금 주나라의 운수가 이미 다하여 꼭 윤수閏數[95]를 만났으니, 어떤 사람에게 이 윤수를 감당하게 해야 하는지 영을 주십시오."

---

94) 호지군縞池君 : 물의 신.
95) 윤수閏數 : 윤달처럼 잉여剩餘 또는 정통이 아닌 임금의 자리를 의미함.

하고 아뢰었다. 상제가,

"호지군鎬池君은 씩씩한 재주가 있으니 우선 천하를 맡겨보고, 만약 그 임무를 잘 감당해낸다면 그에게 계속 맡겨도 무방할 것이다."

하였다.

이에 호지군이 영씨嬴氏[96]에게 의탁하여 육국六國[97]을 병합하고 이주二周[98]를 병탄하였으니, 이 사람이 진시황秦始皇이다.

시황이 호랑이와 이리 같은 성품으로 포학한 정사를 행하였고, 『시』·『서』를 불태우고 유생들을 구덩이에 묻는 등 크게 인민들을 죽였다.

상제는 키가 다섯 길이요 발 크기가 여섯 자나 되는 열두 사람에게 명하여 임조臨洮에 모습을 드러내어 경계하도록 하였으나, 시황은 도리어 상서라고 하여 쇠를 녹여 그 상을 만들고, 또 일출을 보고자 하여 동쪽 바다에 돌다리를 만들 때에, 상제가 귀신을 시켜 돌을 굴리게 한 것은 시황을 위해서가 아니라 힘이 다 빠져 죽어가는 백성들을 가련하게 여겨서 그런 것이었다.

시황이 더욱 교만한 기운을 펴서 장생불사의 약을 구하거늘, 상제가 화산군華山君에게 옥을 가지고 가서 그가 반드시 망할

---

96) 영씨嬴氏 : 진시황의 진秦나라 왕의 성임.

97) 육국六國 : 전국 칠웅 중에서 진나라를 제외한 초楚, 연燕, 제齊, 한韓, 위魏, 조趙 여섯 나라를 말함.

98) 이주二周 : 두 주나라, 곧 서주와 동주를 말함.

것이라는 기약을 보여주게 하였다. 그러나 진시황은 만세萬世의 계책을 세우고 또 견고한 성을 축조하니 백성들의 뼈가 들에 가득하였다.

상제가 푸른 색과 붉은 색을 입은 두 동자가 천하를 겨루는 것을 가지고 그의 꿈속에 조짐을 드러내 보였으나, 시황은 동쪽으로 순행巡行하다가 죄 없는 이들을 마음대로 죽였다. 상제가 크게 노하여 동해 용왕에게 그를 공격하여 죽이게 하였는데, 시황이 사구沙丘에서 급사한 것은 이 때문이었다.

사명군司命君이,

"진나라 승상 조고趙高가 일찍이 단약丹藥을 복용한 적이 있는데 그의 목숨을 어떻게 끊을까요?"

라고 아뢰거늘, 상제가,

"조고는 내시로서 악행이 또한 극에 달하였으니, 어찌 단약을 먹어 그의 수명을 늘리도록 놓아둘 수 있겠는가? 속히 공개적으로 죽임을 가하여 진秦나라 백성들의 마음을 시원하게 해주도록 하라!"

하였다.

조고가 죽임을 당했을 적에 작고 푸른 새가 그의 목에서 나와 날아갔는데, 이는 그 단기丹氣가 변화하여 흩어진 것이었다.

상제가 유방劉邦에게 진나라를 대신하여 천하를 소유하게 하였는데, 앞서 상제가 유사에게,

"진나라를 대신할 사람은 꼭 먼저 좋은 천품을 받고 태어난

인물이어야 한다,"
고 명령하였더니,

유사가 상제의 명을 적룡씨赤龍氏에게 알려주어 그 정기를 모으게 하였다. 적룡씨가 구름과 안개가 자욱하여 어두컴컴한 틈에 유온劉媼을 만났다. 유방劉邦이 콧날이 우뚝하고 용의 얼굴을 한 것은 실로 닮았기 때문이며, 적제赤帝의 아들이라고 불렸던 것은 적룡씨의 아들이었기 때문이었다.

이때에 이르러 유방이 패현沛縣에서 군대를 일으켰다. 예전에 스스로 떨치지못하였을 때, 상제가 유사에게,

"유방은 비록 흥륭興隆[99]해야 하지마는, 진秦나라 군대가 아직은 강하니, 반드시 또 대등한 힘으로 진나라를 치는 사람이 매가 숲으로 참새를 몰아넣듯 진나라 백성들을 유방에게 몰아주어야 유방이 성공할 수 있을 것이다."
하니, 유사가,

"육국六國이 망함에 초나라가 가장 원통해합니다. 그러므로 초나라에 비록 세 집만 있더라도 진나라를 망하게 하는 것은 반드시 초나라일 것이다.[100]라고 하는 것이 당시의 말이었습니다. 지금 그 말에 의거하여 초나라 항적項籍[101]을 초왕으로 세워 유방의 기반이 되게 한다면 유방이 의지할 곳이 있어 쉽게 공을

---

99) 흥륭興隆 : 일어나 번영繁榮함.
100) 항우의 책사 범증范增이 항량項梁에게 한 말의 일부임.
101) 항적項籍 : 진나라 말엽의 무장으로 이름은 적籍이고 자는 우羽임.

이룰 것입니다."

했다. 상제가,

"만일 항적이 강하고 포악하여 죽이기를 좋아한다면 또 하나의 진나라일 뿐이니, 천하의 백성이 어찌 원망하지 않겠는가?"

하니, 유사가,

"정말로 항적에게 강하고 포악하며 죽이기를 좋아하게 하여 천하의 원망을 얻게 하려고 합니까? 그렇지 않다면, 어떻게 유방의 인덕仁德을 드러내어 천하 사람들이 그에게 귀부歸附하도록 할 수 있습니까?"

하니, 상제가,

"비록 그러할지라도 이처럼 급박하게 서두르다 결국에는 천하의 백성과 부자들만 헛되이 고생하게 하지는 말라!"

하였다.

이때 항적은 대택大澤 속에서 흑룡이 변화한 오추마烏騅馬를 얻었는데, 이는 항적을 도운 것이 아니라, 타고서 빨리 진나라를 정벌하게 하려고 한 것이었다. 항적은 알지 못하고 도리어 상제의 명이 자기에게 속하였다고 여겼으니, 이는 망령된 생각일 뿐이었다.

상제가 하루는 홍안천鴻鴈川 주변을 굽어 보니, 큰 군대가 주둔하고 집결하였는데 칼과 창은 울창한 숲과 같이 빽빽하였으며, 장수와 군사들이 씩씩하게 행군하는데 군대 소리가 웅장하고 살기殺氣가 등등하였다.

또 패수覇水 가에도 군영이 하나 있었는데, 깃발은 모두 붉은 색이고 군대의 모습이 화기애애和氣靄靄[102)]하며 느긋하였다.

상제가,

"저것은 누구의 군대인가?"

하고 물으니, 유사가,

"홍안천에 있는 것은 항적이고, 패수 가에 있는 것은 유방입니다. 항적이 유방이 관중關中[103)]의 왕이 되고자 한다고 여겨 유방을 공격하려고 해서 여기 저기에 주둔하고 있는 것입니다."

하였다. 상제가,

"세력으로 보아서는 유방이 항적을 감당하지 못하나, 운세로 보면 항적이 유방에 비할 바가 못 된다. 비록 하늘이 승리할 사람을 정했다 할지라도 사람이 많으면 하늘을 이기는 때도 어떤 경우에는 존재하나니, 유사는 빨리 유방을 도와주라."

하였다.

마침내 항백項伯의 마음을 동요시켜, 항백이 말을 달려 장량張良을 만나 그의 위급함을 풀어준 것은, 유사관有司官이 상제의 뜻을 받들었기 때문이었다.

항적이 제후들을 왕으로 임명하면서 유방을 한중漢中의 왕으로 임명한 것은 그의 생각이 아니었다. 이는 유방이 적제赤帝의

---

102) 화기애애和氣靄靄 : 여럿이 모인 자리에서 부드러운 기운이 넘쳐 흐름을 이르는 말임.

103) 관중關中 : 중국 섬서성 중부의 위수渭水 유역에 있는 평야를 일컬음.

아들로 화덕火德을 지녔으며 한중이 서쪽 금방金方에 있으니, 불[火]은 쇠[金]를 만나면 이겨 치성熾盛[104]할 수 있고 쇠는 불을 만나면 녹아서 그릇이 되기 때문이었다. 유방이 한의 왕이 된 것은 왕성해지는 상을 만나서이니, 이는 바로 상제가 유도한 것이었다.

수수睢水에서 패배한 것은 실로 말하는, 사람이 많으면 하늘을 이긴다는 것이었다. 그러나 큰 바람을 일으켜 초나라 사람들을 미혹하게 하고, 밝은 빛을 내어 유방을 인도하여 탈출시키고, 비둘기를 보내 고정古井을 보호하고, 정공丁公에게 단병접전短兵接戰을 그치게 한 것은 모두 상제의 힘이었다.

항적이 해하垓下에서 강동江東으로 달아나고자 하자, 상제가 다시 흉포한 환난이 있을까 의심하여, 항적에게 꿈속에서 유방이 붉은 해를 받들고 채색 구름을 타는 모습을 보게 하였으니, 항적에게 천명이 이미 정해졌음을 깨달아 강을 건너지 않게 하려고 그런 것이었다.

한나라가 천하를 차지한 후 황석공黃石公[105]이라 불리는 늙은 신선이 상제에게,

"한인韓人 장량張良은 본래 신선의 기골이 있어 제가 병서兵書를 가르쳐서 왕의 스승이 되게 하였고, 또 통소洞簫의 곡조도

---

104) 치성熾盛 : 불길같이 성대하게 일어남.

105) 황석공黃石公 : 장량에게 병서를 주어 왕자의 스승이 되게 한 사람으로 황석黃石을 보거든 자신인 줄 알라고 하였음.

가르쳤습니다. 그래서 한나라가 위기에 처하여도 구제될 수 있었고 패배를 당하여도 온전할 수 있었으며, 구리산九里山에서 통소洞簫를 불어 슬픈 가락이 북받쳐 겹겹이 에워싼 초나라 군대를 흩뜨림에 이른 것은 장량의 지혜였습니다. 공이 이루어지자 몸이 물러나 즉시 적송자赤松子에게 그 비결을 배웠습니다. 적송자를 생각하고 있으니 조만간 천거될 것이지만, 제가 먼저 알려드리는 것은 장량의 재주를 아껴 감히 입을 다물고 있을 수 없기 때문입니다."

하였다. 상제가 즉시 제선국으로 오라고 불렀다.

어떤 한 무리의 진秦나라 사람들이 진秦나라의 학정을 피하여 무릉武陵으로 도망쳐 들어갔거늘, 상제가 그것을 듣고 불쌍히 여겨 도화원桃花源에서 물외物外의 백성이 되게 하였으니, 이른바

'도화원에 한번 들어가면 천년 동안 유수와 격隔한다.'

는 것이었다.

진나라 궁인宮人 모씨毛氏는 여산驪山에 순장이 되었어야 했으나, 도리어 일꾼 한 사람과 화를 피해 숭산嵩山에 들어가 솔잎과 잣나무 잎으로 양식을 삼았다. 상제가 그들이 돌아갈 곳이 없음을 측은히 여겨, 경적瓊籍에 그의 이름과 자를 기록하게 하니, 이른바

'진루秦樓의 퉁소 소리 고요함에 응하고, 오색 구름은 공연히 벽라의薜蘿衣에서 일어나네.'

라는 것은 바로 그가 스스로 읊은 것이었다.

초楚나라 · 한漢나라 때에는 사람들이 많이들 자취를 감추었는데, 그 가운데 심한 사람으로 동원공東園公 · 기리계綺里季 · 하황공夏黃公 · 녹리선생甪里先生이 있었는데, 사호四皓라고 불리며 상령商嶺에 은거하여 자지곡紫芝曲을 노래하며 스스로 즐거워하였다. 상제가 그들의 얽매임 없이 여유 있는 은둔생활을 가상히 여겨 또한 지선地仙이 되는 것을 허락하였다.

하상공河上公이,

"한나라 3대 군주 대왕代王[106]은 현묵玄默[107]을 본성으로 삼고 청정淸淨을 숭상하고, 또 강경講經을 독실히 하여 진실된 생각이 태반입니다. 진법眞法에 대하여는 다만 그 경전의 이치를 터득하지 못하였으니, 제가 가서 그것을 해설하여 주겠습니다."

하고는, 바로 그날에 상제에게 하직인사를 하고, 하계로 내려가 위수渭水 가에 머물면서 문도들을 모아 『도덕경』을 토론하였다.

효문제孝文帝가 한 노인이 위수 가에서 경서를 해설한다는 것을 들어 알고는 사람을 보내 그를 불렀다. 하상공이,

"스승이 나아가서 가르치는 예는 없습니다."

하거늘, 효문제가 부득이해서 몸소 그 곳으로 갔다.

처음에 효문제는 그 노인이 하상공인 줄 몰랐고, 또 하상공이 진인인 줄도 몰랐기에, 그의 위세로 그를 눌러 하상공에게,

---

106) 대왕代王 : 한나라 제3대 황제 효문제孝文帝로 이름은 항恒이다. 대代 땅의 왕으로 있다가 여씨呂氏의 난이 평정된 후 진평陳平, 주발周勃 등의 옹립으로 황제가 되었음.

107) 현묵玄默 : 조용히 침묵沈默함, 또는 우아하여 마구 말하지 않음.

"그대는 세상에 살고 있으니 짐의 백성이다. 어찌 스스로를 높여 짐의 부름을 받들지 않는가?"

하거늘, 하상공이 공중에 올라 높이 앉아,

"나는 상제의 신하이니 어찌 너의 백성이겠는가? 하물며 도가 있는 곳이 스승이 있는 곳이며, 스승의 도가 지극히 높거늘, 내가 비록 천인天人은 아니나 네가 감히 업신여길 수 있느냐!"

하니, 효문제가 자리에서 내려앉아 머리를 조아리며 사죄하고 자책하였다.

하상공이 비로소 경서의 뜻을 찾아 하나하나 가르쳤다. 그러고는,

"내가 전에 유우씨有虞氏를 가르치고 나서 상제께 아뢰어 신선이 되게 한 적이 있다. 지금 너도 수련에 힘써 더욱 정기를 배양한다면 또한 상제께 천거할 것이니, 너는 힘쓰도록 하라."

하였다. 얼마 있지 않아 하상공이 정말 불러서 갔다.

상제가 동방삭東方朔[108]을 불렀다. 동방삭은 본래 세성歲星의 정령이었는데, 진관眞官이 되어 항상 상제 곁에서 모셨다. 삼천 년에 한 번 골수를 씻고 이천 년에 한 번 털을 깎는데, 동방삭이 이미 세 번 골수를 씻고 네 번 털을 깎았으니 진관이 된 지가 가장 오래되었다.

---

108) 동방삭東方朔 : 전한의 문인으로 자는 만천曼倩이다. 해학 · 변설辯舌 · 직간直諫으로 이름이 났으며, 그에 대한 여러 일화가 『漢書』 〈東方朔傳〉에 실려있다.

왕모王母가 복숭아나무를 심어 놓고 아침 저녁으로 아끼고 완상하였다. 이 복숭아 나무는 삼천 년에 한 번 열매를 맺는데, 동방삭이 세 번 훔쳐 먹었다. 왕모가 상제에게 하소연하자, 상제가 동방삭을 장이張裏의 집으로 귀양 보내 장이의 아들이 되게 하니, 때는 한 경제景帝 3 년이었다.

동방삭은 효무제孝武帝[109] 조정에서 대중대부大中大夫가 되었다. 삭이 비록 귀양 떨어졌으나 신령한 품성은 없어지지는 않았다. 일찌기 북쪽 경화산鏡火山에 이르러 명경초明莖草를 얻어 효무제에게 바치며,

"이 풀을 태워서 등불을 만들면 뱃속을 훤히 비출 수 있는 까닭으로 일명 통복초洞腹草라고도 합니다."

하거늘, 효무제가 시험해보니, 과연 헛되지 않았다.

또 동쪽 길운吉運 땅에 들어갔다가 청색·황색·적색·백색의 감로甘露 각각 5홉씩을 푸른 유리병에 가득 담아서 효무제에게 주었으며, 또 동왕공東王公[110]의 집에 갔을 때에는 신마神馬 한 필을 타고 태양을 세 바퀴 돌고나서 말을 달려 한관漢關에 이르렀는데, 관문은 아직 닫히지 않았고 동방삭도 말 위에서 깨지 않았다. 효무제가 그 말의 이름을 묻자, 동방삭이,

"보경구步景駒입니다."

---

109) 효무제孝武帝 : 전한 제5대 황제로 무제武帝라고도 하며, 이름은 유철劉徹이다. 흉노와 전쟁을 벌여 서쪽으로 영토를 크게 확장하는 등 여러 방면에서 업적을 남겨 한나라의 전성기를 이루었음.

110) 동왕공東王公 : 남자 신선의 명부를 관리한다고 전하는 전설상의 신선.

라고 하였다.

효무제가 한 번은,

"한나라의 운수는 화덕火德이니, 어떤 상서祥瑞로 다스려야 하는가?"

물으니, 동방삭이,

"제가 일찌기 부상扶桑[111] 칠만 리를 다니다가 호연허昊然墟에서 논 적이 있는데, 어떤 한 구름이 낀 산이 있었습니다. 산꼭대기에는 우물이 하나 있었는데, 구름이 그 우물에서 나왔습니다. 만약 토덕土德이라면 황색 구름이 나오고, 화덕火德이라면 붉은 구름이 나오며, 금덕金德이라면 흰 구름이 나오고, 수덕水德이라면 검은 구름이 나오며, 목덕木德이라면 푸른 구름이 나올 것입니다. 지금 한나라는 화덕이므로 붉은 구름이 뭉게뭉게 한창 피어오르고 있으니, 이것이 화덕의 상서입니다."

하였다. 효무제가 또,

"사람들이 말하기를 봉래산에 불사초不死草가 있다고 하는데, 정말 그러한가?"

하고 물으니, 동방삭이,

"봉래산뿐만 아니라 동북쪽 땅에도 지초芝草가 있습니다. 삼족오三足烏가 내려가서 먹으려고 할 때마다, 희화羲和가 손으로 삼족오의 눈을 가려 내려가는 것을 허락하지 않는 것은, 먹을

---

111) 부상扶桑 : 중국 전설에서, 동쪽 바다 속에 해가 뜨는 곳에 있다고 하는 나무로, 해가 뜨는 곳을 가리키기도 함.

것을 탐내다가 움직이지 못할까 두려워했기 때문입니다."
라고 하였다.

상제가, 동방삭이 자신을 감추려 하지 않은 점이 많아, 선부仙府의 비밀스런 일들을 효무제에게 말해주려고 한다는 것을 듣고, 동방삭이 인간 세상에 오래 머물렀다가는 더욱더 비밀을 누설할까 염려하여, 유배 보낸 지 18년 만에 그를 불러들였다.

상제가 또 이소군李少君[112]을 불렀다. 효무제가 비록 신선이 되는 데 힘썼지만 기욕嗜慾[113]을 절제하지 못하였고, 북으로 흉노를 치고 서로 대완大宛[114]을 정벌하는데, 병력이 다했는데도 그만두지 않고 재정이 고갈되었는데도 그치지 않아서, 해내海內가 비게 되어 천하 사람이 근심하고 한탄하였다.

상제가 드디어 효무제를 미워하였으나, 이소군은 그의 잘못을 바로잡은 것을 급선무로 여기지 않고, 효무제를 위하여 비단조개의 피와 붉은 무지개의 침, 신령스러운 거북이의 뼈, 아자阿紫의 단사, 폭라幅羅의 풀을 섞어 선향仙香을 만들어서 즐겁게 해주었다. 또 자금紫金으로 만든 화로를 준비하고 용호대단龍虎大丹을 배합하여 수명을 늘리려고 하였다.

상제는, 이소군의 약이 완성되면 효무제가 오래 살게 되어 백성들이 오랫동안 고통을 받게 될 것이라고 생각해서 드디어

112) 이소군李少君 : 한나라 무제 때 도교의 술법을 행하던 방사임.
113) 기욕嗜慾 : 즐기고 좋아하는 욕심慾心.
114) 대완大宛 : 한나라 때 중앙아시아 지역에 있던 국가 이름.

이소군을 불러들인 것이다.

이소군이 상제의 뜻을 알고서 자신의 술법이 효능이 없다고 핑계대고는 효무제의 노여움을 격동시켜, 거짓으로 주살을 받는 척하면서 몰래 도망쳐, 상제의 부름에 응하였다.

왕모가,

"유철劉澈은 욕심이 많기는 하나 또한 범골凡骨은 아니니 버려두기에는 아깝습니다. 제가 가르쳐서 교화시키고자 합니다."

하고 아뢰니,

상제가 장난으로,

"그대는 유철을 주나라 목만穆滿처럼 만들려 하는가? 그러나 우선 가서 살펴보도록 하라."

하였다.

왕모가 먼저 시녀를 보내어 효무제에게,

"그대는 7일 동안 재계하고, 별전을 깨끗이 청소해놓고 나를 기다려라."

고 알려주었다.

효무제가 집영대集靈臺에서 봉수향鳳髓香을 사르고 용고龍膏의 등불을 밝혀놓고, 목욕을 하고 공손히 기다렸다.

서왕모가 상원부인上元夫人을 맞아 잠깐 함께 강림하여 『단경丹經』한 질을 주면서,

"그대는 음란함과 사특함이 속에 가득하니 이미 구제할 수가 없다. 지금부터 행실을 고치고 마음을 바꾸어 이 경전을 숙독한

다면 어떤 경우에는 거의 될 것이다."
하였다.

왕모가 올라온 후, 효무제는 비록 백량대栢粱臺[115]에 그 경전을 높이 보관해 놓고 아침 저녁으로 예배를 드리기는 하였지만, 도리어 그 가르침은 따르지 않고 예전처럼 제멋대로 방자하게 굴었다.

왕모가 노하여 백량대栢粱臺를 태워버리고는 그 『단경』을 가지고 와서는 즉시 상제에게,

"유철은 진실로 썩은 흙으로 쌓은 담장[116]입니다."
하고 아뢰니, 상제가,

"내 이미 그럴 것이라고 짐작했다. 그러나 너가 지극한 진인眞人으로 자신을 굽히고 내려가 만나 봤으니, 유철을 전혀 쓸모없게 할 수는 없다. 그를 시해屍解[117]하게 해야겠다."
하였다.

상제가 유안劉安[118]을 파직시켰는데, 예전에 팔공八公[119]이, 유안이 뜻이 있다는 것을 듣고 그에게 방술을 가르쳤으나, 유안

---

115) 백량대柏粱臺 : 무제가 장안長安에 세웠던 누대인데, 이 누대는 향백香柏으로 들보를 만들어 향기가 수십 리까지 퍼졌다고 함.

116) 분토지장糞土之墻 : 거름 흙으로 쌓은 담장으로 어떻게 할 수 없는 사람을 말함.

117) 시해屍解 : 혼백이 몸을 떠나서 신선이 되는 도가의 술법.

118) 유안劉安 : 한나라 고조의 손자로 회남왕淮南王에 봉해진 인물임.『회남자淮南子』를 지었으나 후에 반역을 기도하였다가 실패하여 자살하였음.

119) 팔공八公 : 회남왕淮南王 유안劉安의 식객.

은 부귀를 탐하여 이를 포기하지 않았다. 팔공은 그가 모반을 일으키리라는 것을 예상하고, 효무제가 군대를 보내 체포하려 할 때 유안을 이끌고 하늘로 올라갔다. 한나라 사서史書에 죽었다는 사람은 진짜 유안劉安이 아니라 가짜이다.

유안은 선조仙曹에 와서도 도리어 왕위의 귀한 신분을 잊지 못하고 언제나 신선들에게 자신을 고孤[120]라고 칭하기도 하고, 과인寡人[121]이라고 칭하기도 하면서 망령되이 스스로를 높였다. 상제가 파직시키고 한산한 곳에 보낸 것은 그에게 교만함을 없애게 한 것이었다.

상제가 효선제孝宣帝의 보경寶鏡을 다시 거두어들였다. 예전에 여태자戾太子에 대한 무고巫蠱의 옥사[122]가 일어났을 때 공손公孫인 병기病己는 강보襁褓에 싸여 있었다.

상제가 유사에게,

“병기는 훗날 왕위를 이어야 할 사람이니, 화를 입게 해서는 안 된다.”

하고는, 드디어 몰래 사양제史良娣[123]의 집에 보경을 던져주

---

120) 고孤 : 제후가 자기 스스로를 지칭하는 말임.

121) 과인寡人 : 덕이 적은 사람 곧 과덕지인寡德之人의 준말로 제후가 스스로를 일컫는 말임.

122) 무고巫蠱의 옥사 : 병으로 눕게 된 무제가 그 원인이 무고 때문이라고 믿고, 강충江充에게 조사하게 하였는데, 이때 강충과 반목하고 있던 여태자는 화가 자신에게 미칠 것을 두려워하여, 강충을 죽이고 병사를 일으켰으나 실패하여 자살하였음.

123) 사양제史良娣 : 여태자의 부인이며, 선제의 조모임.

었다. 이 거울은 본래 연독국身毒國[124]에서 나온 것으로 서해 용왕이 상제에게 바친 것이었다. 양제에게 우연히 그 거울을 얻게 하였는데, 크기는 팔수전八銖殿[125]만 하였고, 밝고 맑기는 비할 데가 없었다. 색깔 있는 비단 끈으로 구멍을 뚫어 매듭을 만들어 병기에게 채워주었는데, 사양제는 그 거울이 온 곳을 알지 못하였고, 다만 어린아이들이 가지고 놀 만하다 여겼고, 또 병기를 아꼈으므로 그것을 차게한 것이었다.

병기가 옥사에 연루되어 밤낮으로 울어댔으나 그 거울은 몸에 달려 있어 사람들에게 빼앗기지 않은 것은, 상제가 그렇게 시킨 것이었다. 병기가 끝내 목숨을 보전할 수 있었고 계승해서 천자가 된 것은, 실로 거울이 화를 제거해주고 복을 도와준 결과였다. 병기의 목숨이 다하도록 보물처럼 싸서 보배처럼 갈무리했다가, 병기가 겨우 죽음에 이르러 상제가 거두어들이도록 한 것이었다. 한나라 궁인들이, 거울을 거두어 들인 것은 천상에 있다는 것을 모르고, 모두 그것이 없어진 것을 괴이하게 여겼다.

왕망王莽[126]이 찬탈함에, 상제가 유수劉秀[127]에게 중흥하게 하였는데, 유수가 처음 태어났을 때, 아름다운 기운이 가득하였

124) 연독국身毒國 : 인도印度의 옛 음역音譯임.

125) 팔수전八銖錢 : 한나라 초기의 화폐 이름.

126) 왕망王莽 : 전한 말기에 왕실의 외척임을 이용하여 신新나라를 세웠으나 재위 15년 만에 망하였음.

127) 유수劉秀 : 후한의 첫 황제인 광무제光武帝의 이름.

으며 벼 한 줄기에 아홉 이삭이 패었다. 상제가 유수에게 마음을 둔 지가 이미 오래였기 때문이었다.

왕망이 유수의 존재를 알고, 그를 요사스러운 사람이라고 여겨 천하에 명을 내려 요사스러운 사람을 크게 색출하도록 하였으나 끝내 그를 잡지 못한 것은, 상제가 유수를 보호해주었기 때문이었다.

군대를 일으킴에 이르러, 그가 추격당하는 어려움을 겪었을 때에는 호타하滹沱河의 물을 얼어붙게 하였고, 포위당하는 곤경에 처했을 때에는 썩은 나무에서 움이 트게 하였으며, 큰비를 퍼붓고 무소와 코끼리를 동사시키며, 적복赤袱[128]을 내리고 도참圖讖을 보여준 것은, 상제가 시종일관 광무제光武帝를 돌본 것이 지극하심이었다.

또 이십팔수二十八宿에게 각각 정기를 모아 한 사람씩을 태어나게 해서 광무제를 보좌하도록 하였는데, 그의 장상將相 스물여덟 명이 싸워 승리하고 공격하여 빼앗는 동안 한 사람도 다치거나 죽임을 당하지 않았던 것은, 이십팔수에 의지하였기 때문이었다. 그가 운대雲臺[129]에 그림을 그려 이십팔수에 대응시켰다고 한 것은 당시의 태사령太史令이 천문을 관찰하여 그것이

---

128) 적복赤袱 : 왕망의 신新나라 말기에 도참가가 만든 것으로 유수劉秀가 천명에 의하여 황제가 된다는 내용을 담고 있다고 함.

129) 운대雲臺 : 한나라 때 남궁南宮 안에 있던 누대로, 광무제의 아들 명제明帝가 선대의 공신들을 추념하기 위하여 장상 스물여덟 명의 초상을 그려서 걸어 두었음.

온 곳을 알고 말한 것이지 잘못하여 말한 것이 아니다.

광무제가 이미 일어남에, 그 이십팔수가 상제 앞에서 그가 정기를 모아 태어나게 한 사람들을 다투어 자랑하였으나, 다만 소미少微[130]가 아무 말을 하지 않자, 상제가,

"너는 어찌 다만 많은 사람들이 자랑을 하는 속에서 침묵하고 있느냐?"

하고 묻자, 소미가,

"제가 정기를 모아 태어나게 한 사람은 엄광嚴光[131]입니다. 모든 유수의 처음부터 끝까지는 다 엄광이 지휘한 것이지마는, 유수가 황제의 자리에 오름에 이르러 엄광은 물러나 초택草澤에서 은거하면서 스스로 고상한 뜻을 지킨 까닭에 저도 자랑하지 못합니다."

라고 대답하였다. 상제가,

"여러 별들이 정기를 모아 태어나게 한 사람들은 다만 한때의 부귀공명을 이루었을 뿐이다. 너 엄광은 동경東京[132]의 절의를 부축하였을 뿐만 아니라, 맑은 기풍과 고결함이 만고에 전해지고 있으니, 내가 선관仙官의 지위를 더해주려 하니, 그대는 그를

---

130) 소미少微 : 별 이름으로 사대부, 처사, 문운文運를 상징하는 별임.

131) 엄광嚴光 : 후한 때의 은사로 자는 자릉子陵이다. 후한 광무제 유수와 어려서부터 친한 사이였는데, 유수가 천자의 지위에 오르자 자취를 감추고 은거하였다. 광무제가 그를 찾아 잠자리를 함께 하고 간의대부諫議大夫를 제수했으나 나오지 않고 부춘산富春山에서 농사를 지으며 생을 마쳤음.

132) 동경東京 : 낙양洛陽으로 이곳에 수도를 정한 후한後漢을 의미함.

불러 이르게 하기 바란다."
하였다.

소미가 후에 상제의 명으로 엄광을 불러올렸다. 세상 사람들이 엄광을 위하여 설치한 사당은 허묘虛廟이다.

한나라 말엽에 상제가,

"유씨의 운수는 아직 남은 운수가 있으니, 자손 중에 다시 이을 만한 자가 없겠는가?"
하자, 유사가 유비劉備라고 대답을 하니, 상제가,

"유비를 돌아보면, 그의 귀는 드리워져 있고 손은 무릎까지 닿는데도 누에치며 우보羽葆[133]나 짜고 있는 것은 내가 다 만든 것이다. 그러나 단신으로 도와줄 사람이 없어 보존될 수 없을 것이니, 어찌하면 좋겠는가?"
하였다. 유사가,

"이미 남양의 와룡臥龍[134]에게 일어나 수고를 다하게 하였습니다."
하였다.

비렴飛廉[135]이,

"지금 조조가 80 만의 용감한 병사들과 천 명의 용맹한 장수들

---

133) 우보羽葆 : 새의 깃으로 장식한 의식용의 아름다운 일산.
134) 와룡臥龍 : 누워있는 용이란 의미로 제갈량諸葛亮을 가리킴.
135) 비렴飛廉 : 중국에서의 상상의 새로 머리는 참새처럼 생기고 뿔이 있으며, 몸은 사슴과 같으나 표범과 같은 얼룩무늬가 있고, 꼬리는 뱀과 같이 생겼다 함. 바람을 잘 일으킨다고 함. 바람 귀신을 지칭하기도 함.

을 거느리고 형주荊州를 격파하고 강릉江陵으로 내려와 동오東吳를 향하고자 적벽강 북쪽에 주둔하였습니다. 깃발은 구름을 스치고 무기는 들판에 널려 있으며 전함戰艦과 몽충蒙衝[136]은 강을 뒤덮어 강의 겉이 보이지 않을 정도로 매우 웅장합니다. 다만 적벽 남쪽에 수만 명의 병사들이 결진하여 하나의 성채를 이루고 있는데, 병사 수는 비록 적으나 군대의 기세는 또한 예리합니다. 그들의 원수가 된 자는 바로 동오東吳 81 개 주 대도독 주유周瑜[137]입니다. 그의 군영에는 막 제갈량諸葛亮이 술책과 계략을 도와 조조에게 화공火攻을 하기로 함께 계책을 정하였습니다. 제갈량이 드디어 칠성단七星壇과 보강답두처步罡踏斗處[138]를 만들어 정성으로 고하여 순풍順風이 불게 해달라고 하였습니다. 제가 생각컨대, 조조는 이미 흥성하는 운에 응하였으니 보우하는 것이 합당하나, 제갈량도 선적仙籍에 이름이 올라있는 사람이니 그의 청을 들어주지 않을 수 없습니다. 어떻게 해야 할까요?"

하고 아뢰었다. 상제가,

"조조의 이번 거사는 망동妄動이다. 동오東吳 손씨孫氏의 복이

---

136) 몽충蒙衝 : 소가죽으로 선체를 덮고, 좌우에 활을 쏘는 작은 창문과 긴 창으로 상대편 배를 밀고 공격하는 구멍이 나있는 전함.

137) 주유周瑜 : 삼국 시대 오나라의 책략가로 자는 공근公瑾이며 제갈량과 함께 조조의 위나라 군사를 적벽에서 크게 무찔렀음.

138) 보강답두步罡踏斗 : 도사가 성수星宿에 예배하며 신령을 부르는 일종의 동작으로 동작의 발걸음이 마치 북두성을 밟는 듯하다고 하여 붙여진 이름임.

아직 끝나지 않았으며, 그 명분이 바르고 말이 순한 것은 또한 제갈량같은 사람이 없으니, 속히 그 청대로 해주라."
하였다.

비렴이 하계로 내려가 제갈량을 도왔다.

조금 있다가 상제가 제갈량을 불렀다. 이때 제갈량은 오장원五丈原에 출진해 있었다.

상제가 유사에게,

"예전에, 제갈량에게 일어나 유비를 돕게 한 것은 유씨에게 한쪽 지역에서 정립鼎立[139]할 운수가 있었기 때문이었다. 제갈량이 충성을 다하고 힘을 다하여 돕고자 하지 않은 것은 아니나, 유씨의 운수가 다하였으니 어찌하겠는가? 지금까지 망하지 않은 것도 또한 제갈량의 충정 때문이니, 나는 차마 대번에 그것을 끊지 못하였다. 지금은 유선劉禪[140]이 포로가 될 날이 이미 박두迫頭[141]하였으니, 제갈량을 촉한에 머물게 해서는 안된다."
하고는, 드디어 장성將星[142]에게 하계로 내려가 제갈량에게 알려주고, 그를 불러들였다.

사마씨司馬氏가 임금답지 못하자, 상제가 오랑캐들에게 군대를 움직이게 하니, 유사가,

---

139) 정립鼎立 : 세 사람이 솥발과 같이 서로 벌여 섬. 세 세력이 서로 대립함.
140) 유선劉禪 : 유비의 아들로서 유비가 죽은 후에 촉한을 다스렸고 후주後主라고 불렸으며 어리석은 군주였음.
141) 박두迫頭 : 기일期日이나 시기가 가까이 닥침.
142) 장성將星 : 대장군의 별자리.

"오랑캐들은 짐승 같은 마음과 성품을 가지고 있습니다. 전날 우虞의 유묘有苗와 상商의 귀방鬼方[143]과 주周의 험윤玁狁[144]과 한漢의 흉노는 상제께서 늘 억눌러 중국을 침범하지 못하게 하였더니, 이제 도리어 돌보아주는 것은 어째서 입니까?"

하고 아뢰니, 상제가,

"중국의 임금들이 모두 혼란하고 무도하고, 백성들을 침탈하고 해치며, 걷고 원망하게 하여, 그 소행이 오랑캐보다 심함이 있으니, 그들이 하늘에 죄를 지은 것이 크다. 내가 오랑캐들을 고무하여 출동하게 한 것은, 중국이 죄를 지은 것에 노하여 오랑캐로 오랑캐 같은 놈들을 공격하게 한 것이지 오랑캐들에게 돌보아줌이 있어 그들을 돕고자 하는 것이 아니다. 지금 사마씨의 죄에 대하여는 내가 심히 노여워하고 있으니, 너는 급히 오랑캐를 재촉하여 사마씨를 토벌하여 나의 노여움을 시행하기 바란다!"

하였다. 이에 오호五胡가 함께 일어나 곧바로 진晉 나라의 사직을 뒤엎었다. 상제가 유사에게,

"말[사마씨]이 이미 없어졌으니, 소[우씨]로 이을 수 있겠다."

하니, 유사가,

"소와 말은 한가지인데, 도리어 소로 말과 바꾸는 것은 어째서입니까? 아마도 소가 말보다 낫단 말입니까?"

---

143) 귀방鬼方 : 은나라 때 오랑캐 종족의 이름.

144) 험윤玁狁 : 주나라 때 북방에 있었던 민족으로 흉노의 기원이라고도 함.

하니, 상제가 웃으며,

"만약 같이 죄가 있다면 소와 말을 어떻게 가리겠는가? 다만 저 얼룩소의 새끼라 하더라도 붉고 뿔이 났다면 우선 그 말을 대신함에, 무엇이 해가 되겠는가?"

하였다.

이때 진晉 나라 원제元帝가 강남江南에서 배를 타고 강을 건너와 낭야왕瑯琊王의 지위를 보존할 수 있었던 것은 소 때문이었다. 송宋·제齊·진陳·양梁 이후로는 상제가 다 그들을 따랐다.

수隋 나라 양제煬帝 때에 이르러 지부地府에서,

"아미阿麼[145]의 악행은 예전부터 없었던 일입니다. 요동을 정벌하느라 병사들을 죽이고 운하를 개통하느라 백성에게 잔인하게 굴어, 들판이 피로 물들고 냄새가 천 리까지 이르렀습니다. 개와 돼지도 사람 고기를 싫어하였고, 까마귀와 솔개도 사람 뼈를 실컷 먹었습니다. 사방은 폐허가 되고 백성들이 하늘에게 울부짖고 있으니, 차마 보지 못하고 차마 듣지 못합니다.

다만 이 아미阿麼는 본래 한 마리의 쥐였습니다. 어찌 쥐 한 마리를 풀어 놓아 만백성에게 굶주린 호랑이가 되게 할 수 있겠습니까? 이제 그 본래 몸을 얽매어 구리 기둥에 묶어 놓고 쇠몽둥이로 그 머리를 때려 부수고자 합니다. 삼가 이 일을 먼저 아룁니다."

---

145) 아미阿麼 : 수 양제煬帝의 어린 시절 자임.

하고 아뢰었다.

아뢰기를 마치자, 지부 왕이 무사를 불러 아미를 끌고 앞에 오게 하고는, 꾸짖어,

"너를 보내 잠시나마 가죽과 털을 벗고 중국의 임금이 되게 하였거늘, 어찌 백성들과 만물을 해치고 천도를 따르지 않음이 이런 극단에까지 이르렀는가?"
하였다.

아미는 본래 몸이 쥐였기에, 한 마디도 대답할 말이 없자, 머리만 끄덕이고 꼬리만 흔들 뿐이었다. 큰 몽둥이를 들어 그의 머리를 치자, 아미가 천둥소리처럼 크게 울부짖었다. 막 두 번째로 몽둥이를 드려고 하는데, 상제가 조칙詔勅을 내려,

"아미의 운수는 본래 일기一紀인데 이제 이미 7년이 되었다. 만약 지부에서 몽둥이로 죽인다면 이는 음주陰誅[146]이니, 3 년이 지나기를 기다렸다가 명주 수건으로 목을 매어 죽여 죄악을 드러내도록 하라!"
하였다.

지부가 결국 상제의 뜻을 받들어 아미를 다시 가두었다. 아미는 양광楊廣[147]의 어릴 적 자이다. 이때에 양제煬帝가 과연 여러 날 두통이 있다가 꼭 3 년이 지나 명주 수건으로 목을 매어 죽으니, 상제의 명이 밝고 분명하기가 이와 같았다.

---

146) 음주陰誅 : 저승 세계에서 죽이는 것을 말함.
147) 양광楊廣 : 수나라 양제의 이름.

상제가 이세민李世民[148]에게 천하의 임금이 되게 하였다. 수나라 말에 이르러, 유무주劉武周[149] · 왕세충王世充[150] · 두건덕竇建德[151] · 이궤李軌[152] · 이밀李密[153] · 소선蕭先[154]의 무리가 각자의 지역에서 정예 기병 사오십만을 거느리고 군현을 나누어 점거하고 있었다.

유사가,

"다른 성씨들은 논할 것도 없고, 다만 이씨는 참설讖說에 응한 것이 실로 하루가 아닙니다. 그 때문에 이씨로 성을 삼은 자들이 그 요행을 바라지 않음이 없습니다. 다만 간택簡擇은 상제의

148) 이세민李世民 : 당나라 2대 황제로 묘호는 태종太宗이며 아버지인 고조 이연李淵을 도와 당나라 창건에 결정적인 역할을 하였으며, 이후 황제가 되었음.

149) 유무주劉武周 : 수나라 말 당나라 초에 서북지방을 근거지로 당나라 장안을 위협하며 황제를 칭했던 무장 이름.

150) 왕세충王世充 : 수나라 말기의 군웅 중 하나로 수양제 사후에 스스로 제위에 올라 국호를 정鄭이라 했으나 당나라 군대에게 패하여 투항했음.

151) 두건덕竇建德 : 수나라 말기에 수나라에 반기를 들고 하夏 나라를 세운 무장으로 이세민에게 호뢰관虎牢關에서 패하여 장안으로 끌려가 죽임을 당하였음.

152) 이궤李軌 : 수나라 말기의 지략가로 하서河西 일대에서 가난한 사람들을 구제하여 많은 사람들의 신망을 얻었으며 당 고조 이연과 우호를 다지고 형제라 칭하며 양왕凉王에 봉하여졌으나 후에 자립하였다가 당나라에게 정벌당하였음.

153) 이밀李密 : 수나라 말기의 정치가로 당나라에 투항하여 작위를 받았으나 당나라에 반기를 들었다가 죽임을 당하였음.

154) 소선蕭先 : 남조南朝 양梁나라 선제宣帝의 증손자로서 수나라 말에 나천령羅川令으로 있다가 반란을 일으켰다가 당나라에 투항후 장안에서 피살되었음.

마음에 달려있으니 누구를 간택簡擇해야 할지 모르겠습니다.”
하거늘, 상제가,

“이씨, 이씨라고 하지만, 어찌 이궤李軌나 이밀李密처럼 용렬한 자들을 말하는 것이겠는가? 태원太原에 사는 이세민에게 내가 용과 봉황, 해와 달 같은 표상을 준 것이, 어찌 헛되이 그렇게 했으리요?

그가 사는 마을을 당흥촌唐興村이라 하는 것도 또한 까닭이 있다. 게다가 이는 노담老聃의 후예이니, 어찌 진인眞人의 자손에게 천하를 소유할 수 없게 할 수 있겠는가?

참설讖說에 드러난 것은 본래 이세민을 위해서였다. 양광楊廣이 비록 오얏나무를 베어낸들 어찌 이세민의 발흥을 막을 수 있겠는가? 내가 겨울에 낙양洛陽에 오얏꽃이 피게 하여 이미 이세민의 상서로움을 드러냈다.

이세민은 진실로 이 사람을 버리고 다른 사람을 생각해봐도 이 사람밖에 없을 자이니, 빨리 일을 행하라. 막 출정하여 싸울 때, 예기하지 못한 일이 있을까 염려되니, 금룡오채金龍五彩를 그의 몸 위에 덮어주어 날아오는 화살과 돌을 막도록 하라.”
하였다.

세민이 정鄭 나라를 칠 때, 왕세충은 갑옷 입은 병사 30만을 거느렸으며, 웅거하고 있는 성은 견고하기가 철옹성 같았고, 두건덕도 40만 군대를 거느리고 그 나라를 기울여 와서 왕세충을 도우는데, 산과 들판을 가득 메워 그 기세가 천지를 진동하였

다. 유사가 상제에게,

"지금 이세민이 내외로 적을 맞이하였습니다. 세민이 비록 용병을 잘한다 하나 두건덕의 병사 40만은 거의 처음 전장에 온 힘이 넘치는 군대이니, 이세민에게 유방劉邦이 수수睢水에서와 같은 패배가 있을까 염려됩니다. 우선 이세민에게 군대를 풀고 돌아갔다가 때를 기다려 다시 오게 한다면 바로 만전일 것입니다."

하고 아뢰니, 상제가,

"왕세충과 두건덕은 항적項籍에 비한다면 젖먹는 강아지이다. 게다가 건덕의 성은 두竇이니 두竇는 두豆와 음이 같다. 그러므로 그에게 우구牛口라는 곳에 진을 치게 한 것은, 깊이 그 의미가 있느니라. 두豆가 소 입으로 들어가면, 어찌 목숨이 온전할 리가 있겠는가? 두건덕에 대한 참설讖說은 내가 이미 말없이 드러냈고, 왕세충은 곤란한 지경에 빠진 도적에 불과하다. 이세민이 한 번 거병하여 둘을 잡을 수 있는 것은 바로 지금인데, 어찌 그에게 군대의 대치를 풀고 돌아가게 하겠는가?"

하였다.

이때 진왕秦王 이세민이 정나라를 공격하여 함락시키지 못하고 있었는데, 하夏 나라 군대마저 크게 이르렀거늘, 병사들이 속으로 위태롭게 여기고 두려워하자, 좌우의 모신謀臣들이 다 철병을 기뻐하였다.

진왕 이세민이 오랫동안 깊이 생각을 하고는 막 적과 맞설 것을 결정하였다. 이는, 유사가 상제에게 대치를 풀자고 아뢰었으나, 상제가 머물러 싸울 것을 명령한 사실을 분명하게 볼 수 있는 것이다. 두건덕이 끝내 우구牛口에서 패하고 왕세충도 스스로 항복한 것은 한결같이 상제의 말과 같았다.

정관貞觀[155] 말년에 상제가,

"이세민의 나라는 여자 임금의 차지가 될 것이니, 그 운수가 그렇기 때문이다."

하였더니, 측전무후則天武后[156]가 참칭함에 이르러, 지부地府에서,

"무씨武氏는 음란하고 잔인하며 거리낌이 없고, 혹리酷吏[157]를 숭상하여 일을 맡겨, 현인을 죽이고 백성들에게 해악을 끼침에, 이르지 아니하는 바가 없습니다. 이씨의 왕업을 사사로이 차지하고자 이씨의 자손들을 다 없애 버리고, 태자를 멀리 방주房州로 유배 보냈으며,「주기周紀」를 지어 『당서唐書』를 크게 어지럽혔습니다.

지부에서 당연히 벌을 시행해야 하지만, 무씨가 본래 대라천大羅天[158] 신선과 인연이 있기 때문에 감히 편의대로 함부로

155) 정관貞觀 : 당 태종 이세민의 연호의 하나.

156) 측천무후則天武后 : 당나라 고종의 비로 들어와 황후의 자리에까지 올랐으며, 40년 이상 중국을 실제적으로 통치했다. 생애 마지막 15년 동안은 국호를 당唐에서 주周로 변경하고 천수天授라는 연호를 썼음.

157) 혹리酷吏 : 혹독하고 까다로운 관리.

하지 못하고 삼가 아뢰어 알려 드립니다."
라고 아뢰니, 상제가,
"하늘에서 이미 무씨를 유폐하라 하였다."
라고 했다.
군옥부群玉府 수문랑修文郎이 상제에게 진晉 나라 장화張華를 불러 군옥부의 도서를 관장하게 청하였다. 장화는 진나라 사람으로, 널리 읽고 잘 기억하였다. 일찌기 건안종사建安從事가 되어 산 속을 유람하다가 한 신인神人을 만났는데,
"그대는 책을 얼마나 읽었는가?"
하고 물으니, 장화가,
"화華가 읽지 못한 것은 근래 20년 안의 책에는 아마 있겠지만, 20년 이전의 책은 이미 다 외고 있습니다."
하였다.
신인이 낭환동瑯環洞이라는 한 곳으로 끌고 들어갔는데, 궁궐이 우뚝한데, 안에는 책이 서가書架에 가득하였다. 신인이,
"이 책들은 역대의 역사이고 만국지萬國誌이다.『삼분三墳』·『구구九丘』[159]도 모두 이 안에 꽂혀 있다."
하였다.
다만 한 궁실은 매우 삼엄하게 봉쇄되어 있었으며, 세 마리

158) 대라천大羅天 : 천계의 하나로 삼계三界의 밖을 사인천四人天이라 하고, 사인천 밖을 삼청三淸이라 하고, 삼청의 위를 대라천이라고 함.
159)『삼분三墳』·『구구九丘』:『삼분』은 복희 · 신농 · 황제 삼황三皇의 책이고『구구』는 구주九州의 지리서인데, 지금은 전하지 않음.

개가 지키고 있었다. 신인이,

"이곳은 옥경玉京의 자미궁紫微宮이다. 칠영七瑛으로 꾸민 단서丹書와 자자紫字로 쓴 여러 비서秘書이다."

하고, 그 개들을 가리키며,

"이는 용이다."

라고 하였다.

장화가 빌려 수십 일 머무르면서, 전에 일찌기 보지 못했던 책을 구해서 보려고 하니, 신인이 웃으며,

"그대는 어리석구나! 이곳이 어찌 빌릴 수 있는 장소이겠는가?"

하고는,

장화를 전송하여 낭현동을 나왔다. 낭현동은 즉시 닫혀서 기운 작은 흔적도 없었다. 신인이 장화에게,

"그대가 난세에 출생했으니, 만일 산림에 은둔한다면 오래지 않아 천조天曹에 오를 것이요, 그렇지 않으면 300 년 후에 군옥부에서 서로 보게 될 것이다."

하였더니, 이때에 이르러, 수문랑이 천거하며,

"신이 일찌기 장화를 인도해 가서 천서天書를 직접 보여준 적이 있었는데, 그가 검화劒化한 후 제선국梯仙國으로 불러들인지가 이에 이미 300년이 되었습니다. 그의 사람됨이 민첩하고 군옥부의 서적에 널리 통달하였으니, 맡아 지키게 할 수 있습니다."

하니, 상제가 윤허하였다. 장화가 전에 만났던 신인은 바로 수문랑이었다.

지부에서,

"당나라 군주가 제위를 이은 지가 40년이 되어가니, 천하 사람들이 안도安堵[160]하여 잠을 편히 잔지도 이미 오래되었습니다. 운세가 변하여 옮겨가는 운수에 의거하면, 천하가 난리에 휘말리게 되는 시기에 합치됩니다. 또 이융기李隆基의 수명의 운수는 비록 다하지 않았으나 군주로서의 운수는 이미 가득 찼습니다. 나라를 어지럽히고 왕위를 바꾸려고 하는 사람은 안녹산安祿山 이후에 몇 사람이 있을 것입니다. 거행에 임하여 감히 이 일을 거듭 말씀드립니다."

라고 아뢰니, 상제가,

"안녹산 등이 참람僭濫[161]히 거짓 군주가 되어 죄없는 백성이 널리 도탄塗炭[162]에 빠져 있으니, 내가 매우 측은히 여긴다. 녹산 등이 일을 할 때에 속히 그것을 저지하여, 살인을 과다하게 하여 나의 화기和氣를 해치게 하지 말라. 또 융기는 선관仙官이 되어야 하니, 그의 목숨을 해치지 않게 하는 것이 좋겠다. 이러한 곡절들은 부득이 한 것이니, 너희 지부는 앞으로 일어날

160) 안도安堵 : 사는 곳에서 평안히 지냄.

161) 참람僭濫 : 하는 일이 분수에 지나쳐 방자함.

162) 도탄塗炭 : 진흙탕에 빠지고 숯불에 탄다는 뜻으로, 생활이 몹시 곤궁困窮하고 고통스러운 지경을 이르는 말임.

일을 세상 사람들에게 알게 하라."
하였다.

이에 지부에서 격문檄文으로 이임보李林甫의 종 창벽蒼壁을 불러 뜰에 세우고, 주의리朱衣吏에게 안녹산이 참람되이 반란을 일으킬 일을 가지고 문건을 받들어 선독宣讀하게 하여, 하나하나 귀로 들어서 알게 하고 보냈다. 창벽이 이승으로 나와 이임보에게 알려주었다.

양귀비楊貴妃가 음란한 행위를 하자, 상제가 사신을 보내어, 귀비에게 칙서勅書163)를 내려,

"귀양 간 선자仙子 양씨楊氏에게 고하노라. 너는 옥궐玉闕에 살 때에도 언제나 오만함이 많았더니, 인간 세상으로 귀양 간 후에도 갈수록 방자하고 교만해져서, 성색聲色으로 임금을 흘리고 총애를 믿고 너의 족속族屬을 비호하였다. 기한이 다하면 복귀시키기로 합의하였으나, 죄가 더욱 심해져, 법도상 세상에서 죽어야 할 사람을 보아줄 수 없다. 다만 이것을 깨닫고 알도록 하라."
하였다.

이때 귀비는 낮에 잠을 자고 있었는데, 주렴 밖 구름 기운이 뭉게뭉게 피어오르는 곳에 상제의 사신이 흰 봉황으로 변하여 조서詔書를 물고 서 있는 모습을 보고는, 놀라 일어나 절을 하고

---

163) 칙서勅書 : 임금이 어느 특정인에게 권계勸戒의 뜻이나 알릴 일을 적은 문서.

향을 사른 후 그 글을 받아 옥갑玉匣에 갈무리해두고는, 스스로 그가 죽어야 한다는 것을 알았다.

예전에 양귀비가 하계로 귀양 왔을 때, 상제가 옥환玉環[164]을 그의 왼쪽 팔에 끼워 주었는데, 옥환 위에 팔분서八分書[165]로 그 이름인 태진太眞을 써서 보낸 까닭으로 세상 사람들이 그의 이름을 태진이라고도 하고, 옥환이라고도 했다.

녹산의 난을 피함에 이르러, 시녀 홍도紅桃가 새벽에 일어나 단장을 하다가 그 옥환을 땅에 떨어뜨려 깨지게 했는데, 상제가 예언한 것이었다.

귀비가, 장안 사람 정문鄭文의 집에 태어나면서부터 말을 할 수 있는 한 여자 아이가 있다는 것을 들었다. 나이가 7세에 이르자 방향方響[166]을 잘하니 친척들이 모두 방향녀라고 불렀다. 귀비가 불러 시녀로 삼으려 하자, 그 아이가.

"양태진은 옛날 상청上淸에 있을 때 나와 동배同輩였었는데, 이제 어찌 감히 나를 소홀히 보고 오라 부르는가! 태진과 상청에서 만날 것이다."

하고는, 며칠 뒤에 날아가 버렸다.

마외馬嵬[167]에 이르러 목을 매어 죽은 뒤에, 상제가,

---

164) 옥환玉環 : 옥 가락지.

165) 팔분서八分書 : 예서와 전서를 섞어서 만든 서체로 한나라 채옹蔡邕이 만들었다고 함.

166) 방향方響 : 악기 이름.

167) 마외馬嵬 : 양귀비가 죽은 장소.

"태진이 인간 세상에서 죽은 것은 그의 죄 때문이다. 그러나 이는 일찌기 옥궐玉闕의 시녀였으니 하계에 둘 수는 없다."
하고는, 우선 돌아와 봉래궁蓬萊宮에 있게 하였다.

오래 있지 않아, 상제가 현종이 태진을 생각하며 괴로와한다는 것을 듣고는, 도사 옥단玉丹을 불러,

"당나라 이융기가 태진에게 정을 쏟아 지금토록 그리워하기를 그치지 아니하니, 또한 가엾도다! 융기는 위로 올라올 기한은 아직 수 년이 남았으니, 그 전에 그 마음을 위로하지 않을 수 없다. 너는 태진을 데리고 융기를 만나게 해주어라."
라고 명령하였다.

옥단이 즉시 태진에게 당나라 궁으로 내려오기를 청하였다. 태진이 현종과 만나 이별의 회포를 펴니, 눈물이 비처럼 쏟아졌다. 그의 옥환을 빼서 현종의 팔에 끼워주면서,

"이것을 보고 첩을 생각해주세요."
라고 말하고는 마침내 떠나갔다.

상제가 초주楚州의 비구니 진여眞如를 불러 숙종에게 여덟 가지 보물을 보냈다.

숙종이 처음 즉위했을 때에는 안사安史의 난[168]이 아직도 치열熾烈했거늘, 상제가 여러 진인들에게,

"하계에 고기의 비리고 썩은 냄새가 진동하고 있으니, 어떻게

168) 안사安史의 난亂 : 안록산安祿山과 사사명史思明의 난을 말함.

이것을 구제할까?"

하니, 진인들이,

"신보神寶로 진정시키는 것만큼 좋은 것이 없으니, 세 번째 보물을 써야 할 것입니다."

하자, 한 진인이,

"지금 나쁜 기운이 한창 왕성하고 더러운 독기가 엉겨 있으니, 세 번째 보물로는 이길 수 없습니다. 꼭 두 번째 보물을 사용한다면 병란을 그치게 할 수 있고, 먼지도 맑게 할 수 있을 것입니다."

하자, 상제가,

"그렇게 하라."

고 하였다.

드디어 진여를 화성化城으로 불러 앉게 하고는, 두 번째 보물을 내주었다. 두 번째 보물은 바로 여덟 개의 보물이다. 첫째는 여의주如意珠라 하는 것인데, 그 모양은 아주 동그랗고 광채는 맑고 환하였으며, 둘째는 홍말갈紅靺鞨로 붉게 빛나는 것이 붉은 앵두와 같았다. 셋째는 낭간주琅玕珠라 하는 것으로, 지름이 대어섯 마디쯤이었고, 넷째는 옥인玉印으로 크기가 손바닥 반만 하였다. 다섯째는 황후채상구皇后採桑鉤라 하는 것 3개로, 모양이 정련된 구리와 같았으며, 여섯째는 뇌공석雷公石 2개로 매끄러운 것이 청옥青玉옥과 같았다. 일곱째는 현황천부玄黃天符라 하는 것으로 위는 둥글고 아래는 네모났으며, 여덟째는 옥계주玉鷄株로 털과 무늬가 잘 갖추어져 있었다. 드디어 봉하여 진여

에게 내리고, 또 그것을 사용하는 방법을 가르쳐주면서,

"너는 가서 자사刺史 최신崔侁에게 새 임금께 올리게 하라."

하였다.

진여가 받아와 최신에게 알리고 함께 영무靈武로 가서 숙종에게 바쳤다. 숙종이 대종代宗[169]을 불러서,

"네가 초왕楚王이니 황태자로 임명하겠다. 지금 상제께서 초주楚州에서 얻은 보물을 내리셨으니, 하늘이 너를 허여하신 것이다. 보배처럼 아껴라."

하였다.

대종이 재배하고 받았다. 진여를 봉하여 보화대사寶和大師로 삼고, 초주를 승격시켜 상주上州로 삼았다. 이 일은 『강목剛目』에 보인다.

이에 앞서, 지부地府에서 당나라 여섯 임금의 복위와 그것을 도울 대신의 문부文簿를 올렸다. 상제가 그 문부를 보고,

"애석하도다, 이세민이여! 힘을 바쳐 심히 수고하여 막 천하를 얻었는데, 금일에 이르러 처음으로 큰 난리가 일어나니, 비록 후사 임금이 복위할지라도 결국에는 반드시 번진藩鎭[170]에게 의해 망하게 될 뿐이겠도다."

---

169) 대종代宗 : 당나라 제8대 황제로 이름은 이예李豫이며, 안사의 난을 진압하는 데 공을 세워 황제에 올랐음.

170) 번진藩鎭 : 중국 당나라 때의 절도사節度使. 부병제府兵制가 느슨해진 8세기 초에 북방 민족의 침입을 막기 위하여 변경의 요지에 둔 군대의 사령관을 말함.

하였다.

덕종德宗 조에 이르러, 상제가 광상산선백廣桑山仙伯 공중니孔仲尼[171]를 불러,

"한황韓滉이 너의 제자 중유 仲由[172] 아닌가?"

하고 물의니, 중니가,

"그렇습니다."

하고 대답하니, 상제가,

"들으니, 한황韓滉이 가만히 모반하려는 뜻을 품고 있다고 한다. 다른 것은 말할 것도 없다. 네 제자가 또한 그러리라고 어찌 생각이나 했겠느냐? 네가 저지해야 한다."

하니, 중니가,

"예."

라고 대답하고는, 물러나와 한황에게 편지를 썼는데, 그 편지에는,

"자로子路는 열어 보아라. 조심하여 신하의 절의를 지켜야 할 것이다!"

라고 되어 있었다.

한황이 결국 스스로 그 모반을 그만둔 것은 상제가 중니에게 금지시키게 하였기 때문이었다.

상제가 안진경顔眞卿 · 이백李白 · 이필李泌을 불렀다. 진경은

---

171) 공중니孔仲尼 : 중니는 공자의 자임.
172) 중유仲由 : 공자 제자 자로子路의 이름.

충의忠義가 태양을 꿰뚫었고, 적심赤心으로 나라에 보답하였다. 녹산의 난에 외로운 성을 지키며 큰 적을 막았었다. 그가 이희열李希烈에게 사자로 갔을 때에 큰 절개를 지키며 조금도 굽히지 않다가 끝내 이희열에게 죽임을 당하였다. 그러나 예전에 영단靈丹을 먹은 적이 있으며, 이희열의 형을 맡은 사람에게 뇌물을 주어 목을 졸라 죽이게 함으로써 그 몸을 해치지 않았으니, 이는 상제가 말없이 보호해준 때문이었다.

이백은 본래 장경長庚이었다. 상제가 명령을 짓게 하였는데, 이백이 술을 좋아하여 크게 취해서 즉시 부름에 나아가지 않았다. 상제가 노하여 그를 하계로 쫓아내자, 이백은 상제가 있는 곳을 그리워하여 시에 아래와 같이 드러내었다.

천상 백옥경 [天上白玉京]
열두 누각, 다섯 개 성 [十二樓五城]
신선이 내 머리를 어루만져 [仙人撫我頂]
머리를 묶어주고 장생도 주었네. [結髮授長生]

상제가 비록 듣기는 했으나, 그의 성품이 방랑放浪하고 날마다 술 삼백 잔을 마시며 스스로 술 취한 신선이라 일컫고 삼십여 년을 술집에서 이름을 숨기고 있었기에, 상제가 우선 그를 그냥 두었다. 이백이 채석강采石江에 배를 띄움에 이르러, 상제가 큰 고래를 주어 그에게 수국水國에서 타고 놀게 하였다.

이필은 상제가 예전에 당 숙종을 보필하기 위해 보낸 사람이었다. 그의 나이 열여섯이었을 때에, 지름길로 하늘에 오르고 싶어하자, 상제가 도리어 머무르게 하였다. 필이 비록 숙종을 보좌하였으나 벽곡辟穀[173]하고 먹지 않았으며 오직 구운 배만을 먹었기에 숙종이 전에 여러 왕들과 필에 대해 아래와 같은 시를 읊은 적이 있었다.

선생은 나이가 칠십인데도 [先生年七十]
얼굴빛이 어린아이와 같구려. [顔色似童兒]
천종의 녹을 먹지 않고 [不食千鍾祿]
다만 두 배만 먹는구려. [惟餐兩顆梨]

또 아래와 같은 시를 지었었다.

하늘이 이곳에 기를 내어 [天生此間氣]
내가 무위 체화하도록 도왔네. [助我化無爲]

이는 숙종도 그가 신선이라는 것을 알았기 때문이었다. 천하가 이미 안정되자 형산衡山에 숨어 수양한 것이 몇 년이나 되었었는데, 이 때에 이르러 상제가 함께 제선국으로 불러들였다.

173) 벽곡辟穀 : 곡식穀食을 먹지 않고 솔잎 · 대추 · 밤 등을 날로 조금씩 먹고 사는 일.

상제가 이임보李林甫와 노기盧杞[174]를 쫓아냈다. 이임보는 어려서 선재仙才가 있었기에 상제가 전도사田道士에게 그를 인도하게 하였으나, 이임보는 도리어 재상의 지위를 탐하여 전도사의 권유를 따르지 않았다. 요직을 돌아가며 맡는 동안 여러번 큰 옥사를 일으켜 충성스럽고 진실된 사람을 배척하고 간사하고 아첨하는 자를 등용하였으며, 백성을 침탈하고 도륙하는 것이 끝이 없었다. 말년에 이르러서는 도리어 방사와 연을 맺어 선부仙府에 들기를 청하거늘, 상제가 크게 노하여 600년을 기한으로 귀양 보냈다.

노기盧杞는 동도東都[175]에서 곤궁하게 살았는데, 태음부인太陰夫人[176]이 그의 이름을 잘못 듣고 찾아 배필로 삼아, 마파麻婆에게 호로박에 태워 그를 인도하여 수정궁水晶宮에 이르게 하였는데, 상제가 주의사朱衣使를 통해,

"너는 천상의 신선이 되겠느냐, 지상의 신선이 되겠느냐? 아니면 인간 세상의 재상이 되겠느냐?"

하고 물었다. 노기가 응답하지 않거늘, 태음부인이 크게 두려워하여 급히 비단 다섯 필을 가져다가 사자에게 뇌물로 주고 시간을 달라 하였다. 조금 있다가 사자가 또,

---

174) 노기盧杞 : 당 덕종 때의 권신. 사람됨이 음험하고 교활하며 속임수가 많아 재상의 지위에 있는 동안 여러 사람들을 미워하고 해쳤음.

175) 동도東都 : 낙양을 말함.

176) 태음부인太陰夫人 : 태음太陰은 달이고, 태음부인은 달에 사는 선녀임.

"노기는 빨리 결정하라!"
고 하자, 노기가 큰 소리로,
"재상이 되고 싶습니다."
하고 소리 쳤다.

태음부인은 실망하여,
"이는 마파의 잘못이다."
하고는, 즉시 그를 데리고 돌아가게 하였다.

기杞가 재상이 되어 간사한 짓을 하고 흉악한 일을 벌여 귀신 같고 물여우 같았으며, 몰래 단약丹藥을 훔쳐 먹고 은밀히 시해屍解의 술법을 하려고 하자, 상제가 앞날의 죄와 함께 크게 노하여 2,000 년을 기한으로 유배 보냈다.

지부에서,
"성이 최씨인 어떤 한 여인이 본부에 소장訴狀을 올려서,
'첩은 본래 양가의 여인으로 장안 서쪽 냇가에 살고 있었습니다. 절도사 엄무嚴武가 젊었을 때, 꾀어 그의 집에 이르게 하여 숨겨놓고 범하였습니다. 첩의 애비가 만년현萬年縣에 고소하자 도적을 잡는 관리가 엄무를 잡으러 하였습니다. 엄무는 도리어 술을 첩에게 권하여 취하기를 기다렸다가 목 졸라 죽여 강 속에 빠뜨렸습니다.

당초에 행실을 잘못한 것은 저의 죄입니다. 그러나 엄무가 만약 그의 죄를 면하지 못할 것을 두려워하였다면 다른 곳으로 쫓아내도 될 것이었는데, 도리어 반대로 몰래 목 졸라 죽였으니

그 잔혹함이 심합니다. 부디 이 원수를 갚아 깊은 원한을 조금이나마 풀어주십시오.'
라고 아뢰었습니다.
또 이위李尉라고 하는 어떤 한 사람이 소장訴狀을 올려,
'저는 어린 아내가 있는데, 매우 얼굴이 예쁩니다. 검남절도사劍南節度使 장홍정張弘正이 제 아내를 빼앗으려 꾀하고는 제가 뇌물을 받았다고 무고誣告하여 장 60대를 쳐서 멀리 유배를 보냈습니다. 저는 결국 중도에서 원통하게 죽었습니다. 살인자는 죽는 것이 하늘의 법입니다. 더구나 흉악한 꾀로 무고하여 죽인 자이지 않습니까? 부디 빨리 목숨으로 갚도록 허락하여 주십시오.'
라고 하였습니다.
이 두 사람의 소장에 의하면 실로 매우 애통한 일입니다. 부디 엄무·장홍정을 잡아서 심문하여 죄를 바로하는 것이 어떻겠습니까?"
라고 아뢰었다. 상제가,
"선한 일을 한 사람에게는 복을 주고 도리에 어긋난 일을 한 사람에게는 벌을 주는 것이 떳떳한 도리이니, 비록 보잘것없는 사람들의 천한 상소이기는 하지만 분명하게 결단하지 않을 수 없다. 모두 아뢴 대로 시행하라!"
하였다.
나공원羅公遠이 알현하자, 상제가,

"너는 근래 어디에서 돌아왔는가?"

하고 물으니, 나공원이,

"저의 직분은 한직에 있어서 특별히 관계할 것이 없는 까닭으로 한결같이 구름을 따라 세상에서 노닐다가, 당나라 임금 이융기李隆基의 초대를 받아 그의 궁 안에 들어갔는데, 융기가 모습을 감추는 법을 배우고자 하였습니다. 제가 '군주는 진인으로 세상에 내려와 교화하여, 나라를 보호하고 백성들을 편안하게 하는 사람입니다. 진실로 요·순의 무위無爲를 배우고 문제文帝·경제景帝의 검약을 이어야 합니다만 보검寶劍을 물리쳐 사용하지 않고 명마를 버리고 타지 않으니, 어찌 만승萬乘의 높은 지위와 사해의 부유함과 종묘의 중대함과 사직의 중요함을 지닌 사람이 가벼이 작은 재주를 따라 장난하며 노는 일을 하겠습니까? 꼭 배우고자 한다면 옥새를 가지고 민가에 들어가는 것으로 예기치 못한 일이 벌어짐을 면치 못할 것입니다.'

하니,

융기가 화를 내며 꾸짖었습니다. 드디어 달아나 대전大殿의 기둥 속에 들어가 융기의 잘못을 꾸짖자, 융기는 더욱 화를 내어 기둥을 바꾸고 부숴버렸습니다. 다시 주춧돌 속으로 들어가니 또 주춧돌을 바꾸고 부숴 수십 개 조각으로 만들었습니다. 제가 그 수십 개의 조각에서 모습을 드러내자, 융기는 비로소 사과하였습니다.

저는 안록산이 난을 일으키려는 것을 알고서 촉蜀 땅을 주어

융기에게 돌아가게 하고는 동관潼關에서 나와 청성산靑城山의 깊은 곳을 좋아하여, 즐거워하여 돌아올 줄 모르고 있었더니, 이제 상제의 명령을 받음에 감히 물러나 숨지 못하고 삼가 와서 공경히 인사드릴 뿐입니다."

라고 하였다. 상제가,

"융기가 처음 너를 보고 곧바로 네가 선관仙官이란 걸 알던가?"

하니, 공원이,

"융기가 술사術士 장과張果 · 섭정葉靜 등과 마주 하여 바둑을 두고 있었는데, 장과 등이 저를 보고는 눈으로 비웃으면서 촌놈이라 지적해 말했습니다. 바둑돌 열 개를 쥐고서, 제게

'이 안에 무슨 물건이 있지?'

라고 묻길래, 제가,

'빈손이구만!'

하고 말했습니다.

손을 폄에 이르러 과연 하나도 없고 모두 제 자리에 있었습니다. 융기가 비로소 놀라 기이하게 여기고는, 저를 장과의 대열에 앉게 하였습니다."

라고 대답하였다.

상제가 크게 웃고는, 드디어 나공원의 직책을 임명하여 천궁天宮을 숙직하게 하였다. 공원이 은혜에 감사하고 물러갔다.

상제가 당 헌종憲宗이 간절하게 신선이 되는 비방祕方을 구한다는 것을 듣자, 드디어 청의사자靑衣使者를 시켜 금구인金龜印

을 보내주게 하였다. 청의사가 그 인장을 가지고 해도海島로 내려왔는데, 마침 당 급사중給事中 장유張惟가 신라국新羅國 왕을 책봉하고 해도에 정박하였다. 청의사가 상제의 명으로 그 인장을 헌종에게 부쳐보냈는데, 인장은 길이가 다섯 마디, 넓이가 한 마디 여덟 푼이었는데, '鳳芝龍木, 受命無疆. [봉황의 지초, 용의 나무에 명을 받음이 끝이 없도다.] 이라고 전서篆書로 새겨져 있었다.

헌종이 처음에는 그 뜻을 이해하지 못하고 자니紫泥[177]와 옥쇄玉鏁로 봉함하여 장막 안에 두었더니, 한 달이 못 되어 정말로 침전寢殿 앞 연리수連理樹 가지 위에 두 그루 영지靈芝가 생겨나왔는데, 완연히 용과 봉황과 같았다. 헌종이 비로소 인장의 글의 뜻을 깨닫고는,

"이것이 바로 봉지용목鳳芝龍木이로구나!"

라고 하고는, 가지고 가서 먹었다.

상제가 또 선관仙官 현해玄解를 보내 세 가지 약초를 주었는데, 첫째는 쌍린지雙麟芝 둘째는 육합규六合葵 셋째는 만근등萬根藤이었다. 쌍린지는 한 줄기마다 두 이삭이고 갈색 빛깔에 모양은 기린 같았다. 육합규는 여섯 줄기가 합하여 한 그루가 되었고 꽃은 도화 같았다. 만근등은 아래 뿌리에 만 개의 뿌리가 나 있으며 모양은 작약과 비슷하였다.

177) 자니紫泥 : 옛날에는 진흙으로 편지를 봉하고, 진흙 위에 도장을 찍었으며, 황제의 조서詔書에 검붉은 진흙을 사용하였음.

헌종이 받아 먹고는 또 상제가 돌보아줌을 알고서 마음을 재계하고 본성을 기르며 십분 근신謹愼[178]하자, 상제가 즉시 제선국에 불러 두었다.

여동빈呂洞賓[179]이 백낙천白樂天을 천거하며,

"향산거사香山居士 백낙천은 가슴 속에는 티끌이 없고 품성은 선분仙分이 있습니다. 일찍부터 돈오頓悟[180]의 자질이 있어, 시끄럽고 더러운 세상을 버리고, 합문閤門을 열어 사랑하는 첩을 몰아냈으며, 향산에 집을 지어놓고 살았습니다. 이름은 비록 불조佛祖에 참여했으나, 뜻은 실로 신선에 있었습니다. 막 그가 벼슬하고 있었을 때, 스스로 시에 아래와 같이 서술하였습니다.

> 나는 원숭이·학과 모두 세 식구이고, [身兼猿鶴都三口]
> 집은 안개에 의지하여 사방의 이웃이 되었네.
> [家托煙波作四隣]

그의 편안하고 담박한 기상은 매우 아름답습니다. 부디 제선국에 이르게 하여 수양을 더하게 한다면 심히 다행이겠습니다."
하니, 상제가 허락하였다.

동빈이 또,

---

178) 근신謹愼 : 과오過誤나 잘못에 대하여 반성하고 들어앉아 행동을 삼감.
179) 여동빈呂洞賓 : 당나라 때의 도사 이름.
180) 돈오頓悟 : 갑자기 깨달음.

“한유韓愈는 예전에 백운향白雲鄕에 있을 때, 용을 타고 위아래로 다니면서 손으로 은하수를 헤치고 하늘의 문장을 나눈 자입니다. 마침 작은 잘못 때문에 오랫동안 욕계慾界에 떨어져 있었으나, 문장은 팔대八代에 걸쳐 쇠퇴한 문풍을 일으켰고, 도는 천하가 이단에 빠지는 것을 구했습니다. 운명이 원수와 모의하여 걸핏하면 즉시 허물을 얻었습니다. 저 악어도 어리석고 고집세고 신령스럽지 못하지만, 또한 선관仙官임을 알고 두려워 피했거늘, 황보박皇甫縛 · 이봉길李逢吉[181]의 무리는 어리석고 무식하여 날마다 참소하여 배척하는 것을 일삼고 있으니, 옛날의 악어만도 못한 사람들입니다. 한유가 세상에서 낭패를 당한 것이 이미 지극하니, 부디 다시 그를 불러 주십시오.”
하니, 상제가,

“나 또한 생각한 지가 오래되었다.”
라고 말하고는 즉시 무양巫陽[182]을 보내 한유를 맞아오게 하였다. 어떤 사람이 시를 지어 아래와 같이 읊었다.

균천鈞天[183]에 사람 없음을 상제가 슬퍼하여,
[鈞天無人帝悲傷]
시인에게 조칙 내려 무양을 보냈도다. [謳吟下詔遣巫陽]

181) 황보박皇甫縛 · 이봉길李逢吉 : 모두 당나라의 간신의 이름임.
182) 무양巫陽 : 옛날 신무神巫의 이름임.
183) 균천鈞天: 천상의 상제가 있는 곳임.

아마도 그는 이 일을 아는 자일 것이다.

황소黃巢[184]가 역모를 지음에 이르러, 유사가 몰아내고 제거할 계책을 아뢰니, 상제가,

"세상 사람들은 원기元氣가 이미 쇠해지면 여러 병이 같이 생겨 죽음에 이르게 된다. 나라도 사람과 같아서, 치운治運이 이미 다하면 난적亂賊이 멋대로 일어나 망함에 이르는 것이 이치이다. 지금 당나라가 황소에게 멸망당하려고 하는 것이 어찌 병이 그의 죽음을 재촉하는 것에 해당하지 않겠느냐? 그러나 황소의 살육은 처참하여 차마 말할 수 없으니, 그를 죽이지 않을 수 없다. 지금 금주金州 산곡 굴 속에 몸에 황색 옷을 입고 앉아 있는 한 요망한 귀신이 있으니, 바로 황소의 본신이다. 먼저 금주자사金州刺史에게 그 굴을 뚫고 황색 옷을 입은 귀신을 죽이게 한다면, 황소는 저절로 황림黃林 들판에서 패배하여 죽을 것이다. 황림은 반드시 황소가 죽으리라는 참설讖說이 되지 않을 수 없을 것이다."

라고 하였다.

과연 몇 달 후, 한 술사가 금주자사에게 권하여 굴을 뚫으니, 황색 옷을 입고 앉아 있는 귀신이 있었는데 엄연하였다.

칼로 치니, 연기가 되어 흩어져버렸고, 그 술사도 간 곳을 알지 못했다. 황소가 마침내 황림에서 죽으니, 상제가 말과

---

184) 황소黃巢 : 당나라 말기에 반란을 일으킨 자의 두목 이름.

표정에 흔들림 없이 결정하여 처리함이 엄정한 때문이었다.

때는 중추仲秋가 되니 달빛이 얼음처럼 맑았다. 상제가 월전月殿에 올라 노닐다가 여러 신하들이 백옥루白玉樓에서 연회를 벌이고 있는 광경을 보았다. 태을진인太乙眞人·옥허전존사玉虛殿尊師·부구자浮丘子·광성자廣成子·하상공河上公·포박자抱朴子·득양자得陽子·동왕공東王公·적송자赤松子·노담老聃·공중니孔仲尼·엄군평嚴君平·위자건魏子騫·동방삭東方朔·유강자劉綱子·진좌자晉左慈·한중韓衆·마명생馬鳴生·안기생安期生·장건張騫·갈홍葛弘·주보主父·호공壺公·왕교王喬·악전偓佺·왕방평王方平·나공원羅公遠 등이 차례로 앉아 있었고, 왕모王母·마고麻姑·항아恒娥·직녀·상원부인上元夫人·태음부인太陰夫人·태모부인太姥夫人·소고부인小孤夫人·북두칠부인北斗七夫人·후토부인后土夫人·동악부인東岳夫人·남명부인南溟夫人·허비경許飛瓊·송도화宋道華·운영雲英·농옥弄玉·동쌍성董雙成·번부인樊夫人 등이 품계에 따라 배석하였는데, 육갑천주六甲天廚를 열고 균천광악鈞天廣樂을 연주하였다. 여러 진인들이 차례로 헌수獻壽하며 일어나 춤을 추었다. 그 노래는 아래와 같다.

상제가 자미궁에 편히 앉아 있으니 [高帝拱兮紫微宮]
온 세상은 깨끗하고 구중궁궐도 한가하네. [六合淨兮九重閑]
좋은 때를 만나 맑게 구경하며 즐기도다. [趂良辰兮聘淸賞]
십이루 옥난간에서 [十二樓兮玉欄干]

하늘 깨끗하고 이슬 머금은 꽃은 청초하며 [瑤空澹兮露華淸]
별은 성글고 달은 차갑다. [白楡踈兮丹桂寒]
구름 옷을 가벼이 날리고 노을 치마 끌며 [飄雲衣兮曳霞裳]
모인 여러 신선, 벌여선 진관. [集群仙兮列眞官]
옥 술잔에 은하수를 따르고, [斟玉盃兮銀漢水]
고기 안주는 봉래산에 준비했네. [核瓊羞兮蓬萊山]
상서로운 바람 불어와 춤추는 옷소매를 휘감아 돌고 [祥風吹兮回舞袖]
명월은 환하게 영반靈班을 비추네. [明月白兮照靈班]
상제의 만 년도 순간이 되고 [帝萬期兮爲須臾]
뽕나무 밭도 변하고 푸른 바다도 말랐으나, [桑田變兮滄海乾]
해마다 돌어다니며 놀기를 즐기며 [願年年兮樂宸遊]
천지가 다한 후에도 젊은 얼굴로 있기를. [後天地兮留朱顏]

허비경許飛瓊이 특별히 〈보허사步虛詞〉를 읊었는데, 아래와 같았다.

달은 어찌하여 밝고 밝으며 [月何爲兮皎皎]
바람은 어찌하여 맑고도 맑은가? [風何爲泠泠]
상제가 오른 곳은 옥루인데, [帝登臨兮玉樓]
담박하고 티끌이 없어 명정明庭이네. [淡無塵兮明庭]
병예屛翳에게 구름을 쓸게 하고 [令屛翳兮掃淨雲]

망서望舒에게 하늘에 머물게 하네. [命望舒兮駐靑冥]
천 년도 잠깐 사이에 다하고 [千載兮一時罄]
하늘의 음악은 신선을 즐겁게 하네. [天樂兮宴仙靈]
벽도는 천 년에 한번 열리고 [碧桃開兮千春]
붉은 봉새는 두 날개로 춤을 추네. [丹鳳舞兮雙翎]
천안天顔이 온화하여 기쁘고 즐거운 빛이 어려 있으니 [天顔和兮悅豫]
북두성을 잡아 동쪽 바닷물을 기르리. [援北斗兮酌東溟]
천상을 기울여 한잔 드니 [傾天上兮一盃]
속세에서 즐긴 것이 몇 해인가? [樂人間兮幾蓂]
땅은 거칠어지지 않고 하늘은 늙지 않으나 [地不荒兮天不老]
옥연玉筵에 배석한 지도 억만 년이 되었네. [陪玉筵兮億萬齡]

상제가 노담에게,
"그대도 노래하기 바라네."
라고 하자, 노담老聃이 무릎을 꿇고,

빛과도 함께 세속의 먼지와도 함께 [和光兮同塵]
뜬 세상에 섞여 산 지 몇 해인가? [混浮世兮幾年]
인중룡人中龍의 행장行藏[185]이요 [人中龍兮行藏]

185) 행장行藏 : 조정에 나아가기도 하고 은퇴하기도 하는 것을 말함.

주하사柱下史[186]의 제전蹄筌[187]이로다. [柱下史兮蹄筌]
푸른 소를 타고 관문을 나가니 [乘青牛兮出關]
자줏빛 기운은 찬란하게 뻗어 있네. [紫氣射兮爛然]
심오한 뜻을 저술한 것이 한 편이요, [著玄旨兮一篇]
도덕을 말한 것이 오천 자라네. [道德言兮五千]
매미가 허물 벗듯 세속을 벗어나 [脫塵寰兮蟬蛻]
문득 서쪽으로 곤륜산 꼭대기에 올랐네. [倏西登兮崑巔]
동쪽 끝에 아득히 떠돌아다니던 백성이 [迴浮黎兮東極]
상제의 은혜를 입어 신선이 되었네. [承帝恩兮昇仙]
바람 수레를 타고 네 마리 옥마玉馬를 멍에 하여
[跨飈輪兮駕玉駟]
무극옹과 서로 앞서거니 뒤서거니 한다네. [無極翁兮相後先]
오늘 저녁이 어떤 저녁인가? [今夕兮何夕]
균천鈞天의 옥좌에 배석하였도다. [陪玉座兮鈞天]
왼쪽에는 금모金母[188]가 오른쪽에는 목공木公[189]이
[左金母兮右木工]
함께 술잔을 주고받는다네. [共酬酌兮觥船]
억만 년 동안 상제의 덕을 노래하며 [億萬載兮歌帝德]

186) 주하사柱下史 : 노자의 벼슬 이름.
187) 제전蹄筌 : 제蹄는 토끼 그물이고, 전筌은 고기 잡는 발임.
188) 금모金母 : 서왕모를 가리킴.
189) 목공木公 : 동왕공東王公을 말함.

길이길이 소요하며 구름과 안개 사이를 날아다니리.

[永逍遙兮飛雲煙]

라고 노래하였다.

노담 노래가 끝나자, 상제가 공구孔丘에게,

"그대도 노래하겠는가?"

라고 하니, 공구가 재배하고는,

상제에게 명을 받아 [荷誕命兮上帝]

경세제민經世濟民[190]의 큰 책무를 짊어졌다네. [負經濟之丕責]

바라건대 사철과 열두 달에 [冀一時兮時月]

세상의 도탄에 빠진 이를 구제하고 싶었네. [拯四海之墊溺]

제나라와 초나라를 돌아다니며 [曾栖栖兮齊楚]

몇 번이나 나루터를 묻고 담가 놓은 쌀을 건져서 떠났던가?

[幾問津於接淅]

화곤華袞보다 자랑스럽고 부월斧鉞보다 겁나네.

[爰袞褒兮鉞誅]

쓸 것은 쓰고 지울 것은 지워 『춘추春秋』를 지었네.

[著麟經於筆削]

성리를 밝히고 도를 밝혀 [炳性理兮明道]

---

190) 경세제민經世濟民 : 세상을 다스려 백성을 구제함.

후학들에게 해와 달처럼 분명하게 하였도다. [揭日月於後學]
어느 날 저녁 노래하며 지팡이 짚고 다녔는데 [歌曳杖兮一夕]
자극궁紫極宮[191]에 오를 수 있도록 은총을 내리셨네.
[幸余昇於紫極]
광상산 선경에 [廣桑山兮靈境]
은혜는 선백仙伯으로 올려줄 만큼 지극하네. [恩至隆於仙伯]
밝은 달을 차서 패옥으로 삼으니 [佩明月兮爲瑭]
흰 예상霓裳은 환하게 빛나네. [白霓裳其燁燁]
옥전玉殿에서 하장霞漿[192]을 먹으며 [飯霞漿兮玉殿]
경석瓊席에 참여하게 되니 [忝雲裾於瓊席]
한없는 술을 어찌 사양하리오? [酒無量兮何辭]
때마침 하늘에는 달도 희구나. [政瑤宇兮月白]

라고, 노래하였다.

중니仲尼가 노래를 마치자, 서왕모가 쌍성雙成에게는 운오雲傲[193]를 타게 하며 농옥弄玉에게는 봉소鳳簫를 연주하게 하고는, 몸소 상제에게 술을 올리며,

아득히 석실이 곤륜산에 있는데 [迥石室兮崑崙]

---

191) 자극궁紫極宮 : 도교에서 천상의 선인이 머무는 궁전.
192) 하장霞漿 : 신선이 먹고 마시는 음식물.
193) 운오雲傲 : 악기 이름.

선녀가 태어나는 데는 천 년이 걸린다네. [生鳥爪兮千春]
명을 받들어 상제를 뵈려고 [承玉詔兮覲天]
훨훨 날아 태청을 넘어왔네. [凌太淸兮翩翩]
상제는 만년토록 머리가 검고 윤이 나며 [帝萬歲兮綠髮]
눈동자의 광채는 일월 같으소서. [雙瞳照兮日月]
넓게 열린 천문, [廣開兮天門]
만 리에 훤한 건곤. [洞萬里兮乾坤]
좋은 절기에 한 번 유람하여, [乘淸節兮一遊]
맑고 밝은 달밤 경루瓊樓에 올랐네. [澹明月兮瓊樓]
선인은 구름처럼 많고 [仙之群兮如雲]
백봉白鳳이 끄는 수레는 북적거리는데, [白鳳駕兮繽紛]
소아素娥는 표표히 춤을 추고 [舞素娥兮飄飄]
옥소玉簫소리는 어지러이 울려 퍼지네. [吹參差兮玉簫]
기린 육포를 써고 안주를 갖추고 [劈麟脯兮爲羞]
계수나무 꽃가지를 꺾어 산가지로 삼네. [折桂花兮爲籌]
월전月殿의 밤은 한밤이 안되었는데 [夜未央兮月殿]
봉래의 물은 맑고 잔잔하구나. [蓬萊水兮淸淺]
맑은 기쁨은 아직 다하지 않았는데 [蹇淸歡兮未了]
천계天鷄[194]가 새벽을 알릴까 두렵도다. [恐天鷄兮報曉]

라고, 노래하였다.

---

194) 천계天鷄 : 도도桃都라는 거목 위에 서식하는 전설상의 닭으로, 해가 처음 뜰 때 이 닭이 울면 천하의 모든 닭이 뒤따라 울기 시작한다고 함.

고상한 연회가 막 한창인데 동쪽 하늘이 밝아 오자, 상제가 술자리를 끝내고 궁으로 돌아왔다.

다음날, 상제가 향해아香孩兒[195]에게 송의 군주가 되게 하였다.

이보다 앞서 오계五季 시대에는 창양搶攘[196]하여 천하가 비바람이 휘몰아치는 듯하였다. 상제가 두 개의 태양이 번갈아 가며 나타나게 하여 참된 천명이 일어날 조짐을 드러내었다.

조금 있다가, 화산華山 도사 진단陳摶[197]이 와서 상제의 명을 청했으나, 상제가 허락하지 않으며,

"이미 향해아香孩兒에게 부여하였다. 만약 향해아가 주선함에 이르지 못하거든 네가 하기 바란다."

라고 하였다.

이때에 이르러 지부地府에서 향해아가 해를 지낼 연수와 좌명공신佐命功臣의 문안을 기록하여, 상제에게 여쭈어 정하고자 하거늘, 상제가,

"역년歷年은 300년이다. 다만 중간에 난리가 많을 것인데, 그 운수가 그러하기 때문이다."

---

195) 향해아香孩兒 : 향기가 나는 아이란 뜻으로 송나라 태조 조광윤趙匡胤을 가리킨다. 조광윤이 출생했을 때 3일 동안 향기가 진동하였음.

196) 창양搶攘 : 몹시 혼란하고 어지러움.

197) 진단陳摶 : 오대, 송나라 초기 저명한 도교 학자로 화산에 숨어 살았는데, 송태조 조광윤이 흥할 것을 예견하였음.

하였다.

진단이 산중에 있으면서 속으로 생각하기를,

'상제께서 나에게,

"향해아가 주선周旋[198]함에 이르지 못하거든 너가 하기 바란다."

고 했으니, 나는 다만 산 아래에서 향해아의 형세를 살펴야겠다.'

하고는, 드디어 나귀를 타고 갔으나, 향해아가 이미 지위를 얻었다는 말을 듣고 크게 놀라 나귀에서 떨어져 돌아갔다. 상제는 그것을 듣고 크게 웃었다.

사명군司命君이,

"송나라 임금이 자식이 없어 하늘을 우러러 기도하고 있는데 그 정성이 지극하고 간절하니, 그 청에 응하지 말아야 할까요?"

하고 아뢰었다.

이때, 상제 마당에 적각선赤脚仙이라고 하는 한 진관眞官이 있었는데, 항상 왼쪽 어깨 옷을 벗고 오른쪽 다리를 드러내기를 좋아하였다.

상제가 불러,

"네가 하계로 내려가 송나라 임금의 후사가 되어라."

하자, 적각선이 바로 뜰에서 하직인사를 올렸다. 상제가,

"네가 임금이 되더라도 때때로 한가한 때를 이용해서 선부仙府에 와서, 일후日後에 돌아오는 길을 잊지 않도록 하여라."

---

198) 주선周旋 : 일이 잘 되도록 이리저리 힘을 써서 변통變通해 주는 일.

고 하였다.

적각선이 머리를 조아리고 갔으니, 이 사람이 진종眞宗[199]이다.

진종은 어려서부터 언제나 왼쪽 어깨를 드러내고 오른쪽 다리를 드러냈는데, 옛 습관 때문이었다.

상부祥符[200] 연간에 진종이 재신宰臣에게,

“다스려져 일 없은 지가 오래되었으니, 경등卿等과 한 곳에서 조용히 완상하고자 하오.”

하고는, 마침내 군공群公을 이끌고 궁궐 뒤 가산假山[201]의 골짜기로 들어갔다. 골짜기로 들어가는 길 초입은 매우 어두웠으나 수십 보를 가니, 하늘이 활짝 열리고 여러 봉우리와 산에서 흐르는 물이 아득하였으며, 기이한 풀과 이상한 꽃에서 짙은 향기가 풍기는 것이, 참으로 천하의 위대한 장관이었다. 여러 층의 누각에서는 금벽金碧 색이 빛났다.

기이하고 예스러운 모습의 한 도사가 나와 진종에게 읍을 하는데, 예를 올리는 태도가 매우 공손 하거늘, 진종이 답례로 하는 읍도 매우 공손하였다. 함께 앉아 『단경丹經』의 현묘한 뜻을 논하는데, 마시는 술도 모두 인간 세상에서 볼 수 있는 것이 아니었다. 난새와 학이 뜰에서 춤을 추고 퉁소와 생황이

---

199) 진종眞宗 : 송나라 제3대 황제로 이름은 조항趙恒이며 유교를 강화하고 북쪽의 거란족과 휴전조약을 체결하여 수십 년 간 지속되던 전쟁을 끝냈음.

200) 상부祥符 : 북송 진종의 연호.

201) 가산假山 : 정원에 돌을 모아 쌓아서 조그마하게 만든 인공적인 산.

임석간林石間에 울려 퍼져, 저녁이 되어서야 마침내 끝이 났다.

도사가 진종을 전송하여 문밖에 나와 이별하며,

"만기萬機[202]를 처리하시는 여가에, 꺼리지 마시고, 제공諸公들과 자주 찾아주십시오."

하였다.

진종이 갔던 길로 다시 돌아왔다.

많은 재신宰臣들이 그곳에 대해 묻거늘,

진종이,

"이곳은 도가에서 말하는 봉래산인데 상제께서 나를 위해 옮겨 지어주신 것이라오."

라고 하였다. 이는 상제가 적각선을 보내면서, 세속적인 생각에 오도될까 하여, 특별히 한 선관에게 그 궁궐로 가서 동부洞府를 열어 놓고 항상 그를 맞이하여 놀게 한 것이었다.

얼마 지나지 않아, 바둑을 좋아하는 한 선승仙僧이 상제를 알현謁見하고서는,

"송의 천하는 모두 저의 소유가 될 것이니 그 운수를 억눌러야 할지, 감히 황제의 뜻을 여쭙니다."

하거늘, 상제가,.

"비록 운수가 있다고는 하나 향해아香孩兒의 운수도 또한 갑자기 끊어지지는 않을 것이다. 너는 원래 바둑을 두는 자이니,

202) 만기萬機 : 정치 상의 모든 중요한 기틀, 또는 임금이 보살피는 여러 가지 정무를 가리키며, 때로는 많은 기밀機密의 의미로도 사용됨.

송나라 군주와 바둑을 두어, 네가 만약 패한다면 천하를 빼앗는 계략을 행해서는 안될 것이다."
고 하였다.

그 스님이 마침내 송나라 임금을 초대하여 월궁月宮에서 천하를 걸고 바둑을 두었는데, 한 번에 이기자 즐거워하며 바둑판을 밀치고 일어나,

"천하는 이미 정해졌다."
고 하였다.

송나라 임금은 휘종徽宗[203]이었는데 실망하여 풀이 죽어 분해하며 돌아갔다.

상제가 듣고서,

"애석하도다, 향해아의 업적이여. 지금부터는 비록 구차하게 한쪽 구석은 차지하겠지만 끝내에는 떨치지 못하는 지경에 이를 것이니, 이것이 누구의 잘못인가?"
하였다.

상제가 소옹邵雍[204]을 불렀는데, 소옹은 어려서부터 기이한 뜻이 있어서 항상 도심道心을 지켰다. 용마龍馬가 황하에서 그림을 등에 지고 나온 후로 아마도 몇 천 년 동안 그 의미를 알지 못했고, 하도河圖·낙수洛數를 사람들이 모두 이해할 수 없었는

---

203) 휘종徽宗 : 송나라 제8대 황제로 이름은 조길趙佶이다. 문학과 미술에 조예가 깊었으나, 그의 재위기간은 북송의 급격한 쇠퇴기였고, 결국 1127년 여진족에 의해 수도 개봉開封이 함락되면서 북송이 멸망하였음.

204) 소옹邵雍 : 북송 때의 학자로 자는 요부堯夫. 시호는 강절康節임.

것을, 소옹은 배우지 않고서도 은연 중에 이해하였으니, 이는 신인神人이었기 때문이었다. 그를 칭찬하여,

"손으로는 달을 더듬고 발로는 별들을 밟았도다.

[手探月窟 足躡大根]

바람을 타고 우레를 채찍질하며 두루 구토九土를 살펴보았네.

[駕風鞭霆 歷覽九土]"

라고 하였으니, 소옹을 알 수 있었던 사람이라고 할 수 있겠다.

안락安樂이라고 하는 조그만 움집에 살았었는데, 비바람과 추위 · 더위에도 한 번도 밖으로 나온 적이 없었으니, 그가 정신을 기뻐하고 정기를 함양함이 저절로 도에서 맞아 신선에서 멀지 않았기에, 이에 이르러 상제가 부른 것이었다.

상제가 또 소식蘇軾[205]을 오라 하였다. 예전에 상제가 오계선사五戒禪師에게,

"너는 한 신령함이 사라진 것은 아니니, 인간 세상에서 후신後身을 받을 것이다."

하였다.

오계五戒가 명을 반자 바로 미주眉州 미산眉山 아래로 갔는데, 바로 소식이 출생한 곳이다. 일곱 살에 책을 읽을 줄 알았는데, 한 번 볼 때마다 다섯줄씩 보았다, 열 살에 오경과 제자서 · 역사서를 모두 통달하였고, 열여섯 살에 제술과製述科에 책문策文을

205) 소식蘇軾 : 북송 때 문신 · 학자로 호는 동파東坡이고, 아버지 소순蘇洵, 동생 소철蘇轍과 함께 삼소三蘇로 불림.

써서 명성을 얻자 어필御筆로 즉시 한림학사에 제수하였으며, 이듬해 단명전端明殿 태학사太學士로 승직하였다.

그가 황주黃州로 유배를 감에, 상제가 현학도사玄鶴道士를 보내 적벽赤壁에서 그를 위로하자, 소식도 배를 타고 노닐며,

"유유히 낢이, 세상을 버리고 홀로 서서, 날개가 생겨나 신선이 되어 올라가는 것 같다."

고 하였으며, 또 퉁소에 회포를 담아,

"신선을 옆구리에 끼고 실컷 논다."

라고 했다.

그가 신선이 되어 노는 것을 사모한 것이 이와 같았던 까닭으로 상제가 드디어 불러 대라천大羅天의 신선으로 삼고 규벽부奎璧府를 주관하게 하였다.

부요자扶搖子[206]가,

"신이 일찌기 화산華山을 왕래하면서 인간 세상을 지나는 길에,

'송나라 임금과 신하들이 항상 천서天書를 기다리고 있었는데, 천서가 여러 번 내려왔다.'

고 들었습니다. 그 천서를 얻은 자들이 스스로,

'상제께서 자신들을 돌봐주신다.'

하면서 과장하고 자랑한다.

고 합니다.

---

206) 부요자扶搖子 : 진단陳搏의 호.

그 천서는 정말로 상제께서 내리신 것입니까?"
하니, 상제가,
"말하는 천서는 어디에서 왔는가? 아마도 전해준 이는 귀신인가? 아니면 사람인가?"
하니, 부요자가,
"천서는 공중에서 날아와 떨어졌다고 합니다."
하거늘, 상제가,
"내가 어찌 하계에 천서를 내리리요? 반드시 써야할 일이 있었다면 또한 사자를 보냈을 것이니, 어찌 아래에 던질 리가 있겠는가? 이는 반드시 요사스러운 술법을 쓰는 사람이 거짓으로 만들어서 속이는 것일 것이다. 사람을 속이는 것은 미워해야 하거늘 더구나 하늘을 속임에야!"
하고는, 좌우 신하들에게 천서를 만든 사람을 수색하여 그 폐단을 막게 하였다.

갑자기 상제 앞에 상소가 하나 올라왔는데, 바로 도사 임영소林靈素[207]가 올린 말이었는데,
"신 임영소는 진실로 황공하옵게 머리를 조아려 삼가 목욕재계하고 상제 향안香案 아래에 글을 올립니다.

신이 보니, 송宋 도군道君 조모趙某는 정성을 다해 신선을 사모하고 오로지 도를 구하는 데에 뜻을 두어, 아침저녁으로 옥청소

---

207) 임영소林靈素 : 송나라 때의 도사 이름.

응궁玉淸宵應宮에서 향을 피우고 예배를 드리기를 매우 부지런히 합니다.

또 수산壽山 · 간악艮岳[208]을 만들어 비래봉飛來峯 · 조일朝日 · 승룡昇龍 · 망운望雲 · 토월吐月 · 문삼捫參 · 소봉巢鳳 · 수성壽星 · 서애瑞靄 · 수미須彌 · 조진朝眞이라고 하였고, 골짜기를 서연타운栖烟嚲雲 · 풍문뇌혈風門雷穴이라고 하였는데, 기이하고 절묘한 경치를 만드는데 힘쓴 것은 상진上眞[209]께서 한번 완상하시기를 바랐기 때문입니다.

그 산속에 화려한 건물을 세워놓고 경진전瓊津殿 · 강소루絳宵樓 · 화양궁華陽宮 · 환춘당寰春堂 · 녹악화당綠萼華堂이라고 하였는데, 깨끗하고 시원하며 환하고 탁트인 곳을 만드는 데 힘쓴 이유는 상진上眞께서 한번 쉬시기를 바랐기 때문입니다.

폭포와 맑은 샘, 긴 모래섬과 굽이치는 물가, 세차게 흐르는 여울과 맑은 못을 만들고, 소매素梅 · 단행丹杏 · 홍난紅蘭 · 벽도碧桃 · 반죽班竹 · 노송老松을 심었는데, 이는 신선을 기쁘게 하고자 함이 아닌 것이 없습니다.

날마다 머리를 들고 목을 빼어 난새와 학이 끄는 수레가 강림하기를 기다리고 있으니 심히 아름답습니다.

마음은 이미 청소淸素에 푹 빠져 있고, 재예는 또 서화에 절묘합니다. 전대前代를 두루 살펴보아도 도군道君같은 사람은 없습

---

208) 수산壽山 · 간악艮岳 : 산 이름.
209) 상진上眞 : 도교의 최상의 진인.

니다.

삼가 바라건대, 성제聖帝께서는 특별히 돌아보시고 그 사실을 밝게 살피시어, 즉시 유사에게 청적淸籍에 이름을 수록하게 해 주신다면 심히 다행이겠습니다."

라고 되어 있었다.

상제가 보기를 마침에,

"송도군宋道君은 원래 도골道骨이 아니면서도 망령되이 분수에 맞지 않게, 백성들의 힘을 수고롭게 하고 자기의 욕심을 채웠으니, 말하는 간악艮岳은 원망을 쌓는 것이다. 또 그 산악을 만들고 궁실을 일으키며, 수석水石을 설치해 놓고 꽃과 나무를 가꾸는 것을, 대번에 명령하거나 허락한다면, 세상 임금들이 토목의 일로 백성들을 해치게 될 것이니, 이는 내가 열어준 것이 될 것이다.

도군이 이렇게 허황하고 망령된 일을 한 것은, 반드시는 영소靈素가 인도한 것이 아닐지라도, 도리어 감히 이 일을 나열하여 아뢴 것은 지극히 참람한 일이다."

하고는, 마침내 선적仙籍에서 임영소의 이름을 삭제해버려 그의 죄를 밝히게 하였다.

지부에서,

"곽소郭紹라는 자가,

'저은 바로 당나라 개원開元210) 때 사람입니다. 작고 어렸을 때, 일찍이 밤에 등불 아래에서 책을 읽고 있었는데, 어떤 개가 갑자기 들어와 등잔 기름을 엎고 책을 더럽혔습니다. 제가 매우 화가 났었는데, 마침 옆에 가위가 있길래 가지고 찔렀는데, 가위 다리 한쪽이 부러졌습니다. 다시 다른 쪽 가위날로 거듭 찔러 그 개를 죽였습니다. 그 개가 뒤에 변화하여 사람이 되었는데 바로 이막李邈이라는 자였습니다.

그 후 저는 조정에 벼슬하여, 현종玄宗이 여산驪山에서 강무講武할 때 저는 예부상서를 맡고 있었습니다. 현종이 채를 잡고 북을 칠 때, 세 차례가 되지 않았는데 병부상서 곽원진郭元振이 갑자기 저에게 그만하기를 주청奏請하게 하였습니다.

현종이 크게 노하여 곽원진을 끌어다가 독기纛旗 아래에 앉히고 참수斬首하려고 하는데 중서령中書令 장열張說이 말 앞에 무릎을 꿇고,

'곽원진은 사직을 보호한 큰 공이 있으니 죽을 죄를 용서해 주는 것이 합당합니다.'

라고 하자, 드디어 풀어주고 원진 대신 곽소를 참수하였습니다. 곽소를 참수할 때에 형을 집행한 사람이 바로 이막이었습니다. 이막이 칼을 잡고 거행하는데 칼이 부러지자, 다시 다른 칼을 들고 나와 목숨을 끊었습니다.

모든 죽고 사는 보응은 진실로 그림자나 메아리와 같으니, 칼이 부러짐에 이른 것은 또한 다름이 아니라, 이는 제가 개를

210) 개원開元 : 당 현종 때의 연호.

죽였기 때문입니다. 그러나 제가 개를 죽인 것은 이유 없이 죽인 것이 아니라, 등잔을 엎고 책을 더렵혔기 때문이니, 이는 바로 개의 잘못입니다.

또 개는 짐승이고, 저는 주인입니다. 한 마리 짐승을 죽인 것은 큰 죄가 아닌 듯한데 이미 그 보응을 받은 후 지금까지 사백여 년이 되도록 여전히 귀부鬼簿에 떨어져 있으니, 천하의 원통한 일입니다.

이 원통함을 풀어주시어 인간 세상으로 돌려보내 주십시오.' 라 하며 소장訴狀을 올렸습니다.'
고 소장訴狀을 올렸는데,

이 소장에 의거하면 진실로 원통하고 불쌍하기에 삼가 자세히 말씀드립니다."
라고 아뢰니, 상제가,

"곽소는 어려서부터 두루 깨달아 전생의 일을 알 수 있었으니, 그 품성이 진실로 보통 사람들과는 다른 사람이거늘, 하물며 오랫동안 원통하고 억울하였으니 진실로 가련하고 측은하다. 생명을 받아 선인善人이 되어 속세에 이름을 드러나게 한 후에 천조天曹로 돌아올 수 있게 하는 것이 옳겠다."
하였다.

상제가 강왕康王[211]을 보내 송나라의 제위帝位를 계속 잇게

---

211) 강왕康王 : 남송의 제1대 황제인 고종高宗 조구趙構로 휘종徽宗의 아들이며 흠종欽宗의 동생이다. 금나라가 휘종·흠종을 포로로 잡아가자, 황

해주었다. 정화政和[212] 말년에 금나라 오랑캐가 남침하여 송나라 휘종徽宗과 흠종欽宗을 사로잡아 북으로 몰고 가버려, 의관과 문물이 모두 적의 칼날과 화살 끝에 함락되었으니, 월궁月宮에서 바둑을 두었던 일의 효험이 이때에 이르러 비로소 응하였으며, 황제가 다스리는 중에 난리가 많을 것이라는 가르침이 딱 부합하였다.

강왕은 휘종·흠종과 같이 북으로 갔으나, 밤을 타 도망쳐서 돌아오다가 피곤해서 오래된 사당 옆에서 잠이 들었는데, 상제가 몰래 묘신廟神에게 말을 주어 빨리 떠나보내게 하였다. 강왕 꿈속에서 한 신인神人이 깨우며,

"속히 말을 타고 빨리 달려가라."

고 하였다. 강왕이 일어나, 정말로 준마 한 필이 안장과 고삐가 갖추어진 채 앞에 있는 것을 보았다. 즉시 타고 도망을 가니, 오랑캐 병사가 추격해 오다가 강왕이 이미 멀리 간 것을 알고는 도리어 돌아 가버렸다.

이날 강왕은 말을 달려 백여 리를 지나자 말이 갑자기 고꾸라지거늘, 살펴 보니 진흙으로 된 말이었는데, 바로 그 사당 안에 조립되어 있던 것이었다. 강왕이 크게 괴이하게 여기고, 또 은연중에 상제가 몰래 도와주심을 알고는 그것을 자부하였다.

제에 즉위하고 항주杭州에 도읍하였다. 진회秦檜 등 주화론자들을 등용하여 금나라와 굴욕적인 화약을 맺었으며, 말년에는 상황으로 물러나 유유자적한 생활을 하였음.

212) 정화政和 : 송나라 휘종 연간의 연호.

마침내 천목산天目山 아래로 돌아오니 남송南宋이었다. 그러나 상제가 강왕을 보호하여 보냈으니, 이는 그가 중원을 회복하기를 바란 것이었는데, 도리어 편안함을 추구하고 스스로 편하게 지내니, 상제가 몹시 그를 미워하였다.

그때에 강여지康與之[213]가 시와 문장으로 남조南朝에 이름을 날렸는데, 어느 날 환관 좌당左璫이 있는 곳을 지나다가 휘종이 그린 부채와 덧칠한 것이 탁절卓絕한 것을 보았는데, 이것은 고종이 예사전睿思殿에 보관해놓고 항상 완상하던 것으로, 좌당左璫이 자기 집에 가지고 온 것이었다.

강여지는 당璫이 안으로 들어간 것을 보고, 붓을 적셔 부채 위에 한 절구를 적었다.

임금 수레 천하에 노닐던 일은 옛일이 되었으나
[玉輦宸遊事已空]
아직 남은 작품은 봄 경치를 그렸네. [尙餘奎藻繪春風]
해마다 꽃과 새의 끝없는 한이 [年年花鳥無窮恨]
모두 창오蒼梧[214] 석양 중에 남아 있네. [盡在蒼梧夕照中]

당璫은 어떻게 할 수 없어서, 다만 고종에게 자세히 아뢸 수 밖에 없었다. 고종이 가져다 보고는 위엄과 분노를 거두고

---

213) 강여지康與之 : 남송 때 문신 이름.
214) 창오蒼梧 : 중국 호남성에 있는 산으로 순임금이 남순 중에 죽은 곳임.

자신도 모르게 목 놓아 크게 슬퍼할 뿐이었다.

그 후 강여지가 남악묘南岳廟[215]를 지나다가 술에 취해 악신岳神을 모욕하여,

"악신은 개나 양의 비린내 나는 고기와 젖을 먹게 하려는가? 어찌하여 우리 송나라가 금나라 오랑캐를 치는 것을 돕지 않은가? 이런 악신에게 제사지낸들 무슨 보탬이 되겠는가?"

라고 하자, 악신이 대로하여 상제에게 상소上訴하여 강여지를 해치려고 하자, 상제가,

"나는 예전에 강여지가 부채 위에 시를 지어 그 임금에게 우러러 사모하는 뜻을 격동시켜 주었다는 이야기를 듣고, 속으로 그의 충분忠憤을 가상히 여겼었다. 이제 너를 모욕한 것도 충분에서 나온 것이니, 충분한 사람에게 너는 어찌하여 반드시 원한을 쌓으려고 하느냐?"

하자, 악신이 부끄러워하며 물러났다. 이어 강여지의 꿈에 나타나 사죄하였다.

지부에서,

"악비岳飛[216]는 송나라 충신으로 강개慷慨하여 원수를 토벌하고자 하였습니다. 예전에 〈만강홍사滿江紅詞〉을 지었는데, 그 사詞는 아래와 같습니다.

---

215) 남악묘南岳廟 : 중국 오악 중 하나인 남악南嶽 형산衡山에 있는 도교 사원.

216) 악비岳飛 : 중국 남송 때 사람으로 금나라와 전쟁을 주장하다가 화평론을 주장하는 진회秦檜의 책동에 걸려들어 죽었음.

성난 머리 관을 찌르며 난간에 기대니 쓸쓸히 내리던 비도 그치네.

[怒髮衝冠 凭欄處 蕭蕭雨歇]

눈을 치뜨고 하늘을 우러러 길게 소리 치니 장부의 가슴은 찢어질 듯.

[擡望眼 仰天長嘯 壯懷激裂]

삼십 년 공명은 티끌이고 팔천 리 길에는 구름과 달빛뿐.

[三十功名塵與土 八千里路雲和月]

한순간도 한가한 때 없이 소년의 머리가 백수白首가 되었으니 공연히 슬픔만 더하네. [莫等閑 白首少年頭 空悲切]

나라 망한 정강靖康의 치욕[217]을 아직 씻지 못했으니

[靖康恥 猶未雪]

신하의 한은 어느 때 없어지려나? [臣子恨 何時滅]

장거長車를 몰아 하란산의 허점을 뚫고 돌파할 것이니

[駕長車 踏破賀蘭山缺]

장대한 뜻에 배가 고프면 오랑캐의 살을 먹고,

[壯志飢飡胡虜肉]

우스갯소리 같지만 목 마르면 오랑캐의 피를 마시리.

[笑談渴飮匈奴血]

---

217) 정강靖康의 치욕 : 정강 2년(1127년)에 금나라 태종太宗에게 송나라 서울 변경汴京이 함락되고 휘종과 흠종을 비롯하여 많은 황족과 신하들이 잡혀 간 치욕을 말함.

선두에서 옛 산하를 수복하고 천자의 대궐에 조회하리라.
[待從頭 收拾舊山河 朝天闕]

그의 나라를 위하는 충성과 복수하려는 뜻을 이 사詞에서 볼 수 있습니다. 의병을 일으켜 멀리 몰아 북벌하여 중원을 회복할 기약을 날을 정하여 기다릴 수 있음에 이르러, 불행하게도 진회秦檜의 시기를 당하여 막수유莫須有 세 글자 때문에 얽매어 죽었습니다.

악비가 이제 지부에 억울함을 호소하기에 이미 진회를 잡아들였습니다. 진회는 어떤 형률을 더할까요?"
라고 아뢰거늘, 상제가,

"이것이 어찌 다만 진회의 죄이겠는가? 휘종 · 흠종은 옛 임금이고, 강왕康王은 새로 즉위한 임금이다. 옛 임금들이 만약 돌아간다면 새 왕은 도리어 신하가 되어야 한다. 그러니 옛 임금들은, 도리어 강왕이 돌아오기를 바라지 않는 사람들이다. 악비가 성공한다면 옛 임금들이 돌아가야 하니, 진회가 악비를 죽이는 것을 좋아한 것은 아마도 강왕의 뜻이 아니겠는가? 진상을 논해 죄를 정한다면 강왕이 먼저 벌을 받아야 할 것이니, 강왕의 수명을 우선 일기一紀 줄인 후에 지부의 가장 독한 형벌로 진회를 벌주고, 악비를 봉하여 서호백西湖伯으로 삼도록 하라."
고 말했다.

상제가 주희朱熹[218]를 불렀다. 예전에 상제가 여러 진관들

에게,

“하늘이 명한 것을 성性이라 하고, 성을 따르는 것을 도道라고 하며, 도를 닦는 것을 교教라고 한다. 모든 인의예지仁義禮智의 본성을 내가 이미 사람에게 내려주었는데, 공구孔丘 이후로 다시는 어떤 사람도 성을 따르고 도를 닦음이 없어 정학正學이 막힘에 이르렀다. 비록 정이程頤 형제가 먼저 일어나 밝게 창도하였으나 여전히 대성하지는 못했다. 본성을 따르고 가르침을 닦는 일을 자기의 임무로 여기면서 천하 사람들에게 이정표를 제시해주며 끊겼던 옛 성인의 학문을 이어 후학에게 길을 열어 주도록 해야겠다.”
하니, 진반眞班 중에서 한 사람이 일어나 상제의 명에 따라 신안新安에서 오니, 이 사람이 주희다. 육경六經의 뜻을 개발하고 사서四書의 뜻을 소상하게 드러내어 학자에게 표준을 세워 주어 공씨孔氏가 전수한 것을 이었다.

그러나 그의 마음 한구석에는 언제나 옛날에 놀던 곳을 잊지 못하여 〈감흥시感興詩〉에 나타내기에 이르렀다. 주희의 문인이 선도仙道에 대하여,

“신선이 정말 천하에 있습니까?”
하고 물으니, 주희가,

“신선이 어찌 없겠느냐? 다만 세상 사람들이 보지 못할 뿐이다.”

---

218) 주희朱熹 : 북송 때 유학자로, 송학宋學의 흐름을 이어 받아 성리학을 집대성하였음.

라고 했다. 문인이,

"그렇다면 곧 신선을 배울 수 있습니까?"

하니, 주희가,

"그 술법은 매우 쉬워서 배우는 것은 어렵지 않은데, 다만 세상 사람들이 다투어 매달려 미혹될까 두려워하는 까닭에 내가 드러내어 말하지 않을 뿐이다."

하였다. 그 문답은 『주자어류朱子語類』에 자세히 실려 있다.

이는 주희가 본래 진관眞官이었기 때문에 스스로 잘 알고 스스로 행할 수 있었기 때문이다. 상제가 진관의 자리가 비게 되었으므로 다시 그를 불러들였다.

상제가 또 전 옥화시랑玉華侍郎 방조산方朝散을 불렀는데, 조산은 기주冀州 사람으로, 어려서부터 글을 지을 수 있었으나, 성품이 술을 좋아하여 스스로를 단속하지 못하였다.

마침 하북河北에 크게 역병이 돌아, 죽은 사람이 삼처럼 어지러이 널렸었다. 조산이 얻은 약방문藥方文을 써서 사방으로 통하는 거리에 내걸었는데, 병자들이 그 약방문대로 치료하자 즉시 나았다. 살아난 자를 다 계산할 수 없었다. 꿈속에 어떤 사람이 나타나,

"그대의 음덕이 위로 하늘에 닿아 상제가 그 공을 아름답게 생각하여 신선의 반열로 그대를 부를 것이다."

하였다.

조산은 평소 실의에 차 있었는데, 자신이 천인이 될 것이라

믿고는 더욱 방탄放誕[219]하게 굴다가 결국에는 술에 심히 취해 우물에 빠져 죽었다. 오래 있다가 전에 세운 공 덕택으로 백옥루白玉樓에 불려가 뵙게 되었는데, 함께 불려간 네 사람도 있었다. 글 한 수로 시험을 봐야했는데, 상제가 직접 대도무위부大道無爲賦라고 써서 제목으로 삼았다. 조산이 경구警句를 써,

"상제가 구멍을 뚫게 하여 넋을 잃었고[帝鑿竅而喪魄]

밤에 다리를 그리다가 술잔을 잃었네.[蛇畵足而失梧]"

라 하였다. 상제가 보고 크게 기뻐하여 일등으로 삼고 수문랑修文郎에 임명하고, 이어 옥화시랑에 임명한다는 명이 있었다. 동료 열여덟 사람은 모두 상청上淸 선백仙伯으로 항상 상제 좌우에서 모셨다.

상제가 예전에 새벽에 자화궁紫華宮에 행차했는데, 궁인이 수레가 이른 줄을 몰라, 어떤 사람은 늦게 일어나 눈썹을 그리다가 그리지 못하고 급히 나와 맞이하였다. 상제가 돌아보고 웃으며 여러 시랑에게 시를 짓게 하였는데, 조산이 마지막 구절에서,

"새벽에 단장하느라 상제의 수레가 이른 줄도 몰랐고,

[曉粧不覺星輿至]

다만 사람의 한쪽 눈썹을 그렸네. [只畵人間一壁眉]"

라고 하였다. 상제가 읊어보고 크게 칭찬하였다.

조산은 마침내 재주에 기대고 총애만을 믿다가 많은 사람들

---

219) 방탄放誕 : 턱없이 큰 소리만 함, 또는 허튼 소리만 텅텅하여 허황虛荒함.

에게 시기를 받아 군옥외감郡玉外監으로 좌천되었다. 하직 인사를 올림에 상제가,

"군옥전群玉殿은 나의 도서가 있는 곳이다. 그대같이 문학이 무리에서 뛰어난 사람이 아니면 이곳에 살기가 쉽지 않을 것이다."
하였다. 이로부터 접견이 조금씩 소원해져갔다.

어느날 상제가 여려 근시近侍들과 요포瑤圃에서 놀다가, 조산의 재주가 생각나서, 사자를 보내 불러오게 하였다. 조산은 병이 있다고 사양하고 홀로 시녀 송도화宋道華와 못에 배를 띄워 놓고 손을 잡고 사랑하고 있었는데, 인간 세상의 부부 모습이 있었다.

사자에게 탄핵을 당하자, 상제가 그들을 다 내쫓아 도화는 촉蜀땅에서 태어나고, 조산은 민閩땅 사람이 되었다.

과거에 급제하여 소무판관邵武判官이 된 날에 상제가 그를 부르려고 하자, 좋아하지 않은 사람이,

"소무邵武 지방은 재앙 기운이 한창 심합니다. 꼭 이 사람 같은 선골이 그것을 누르게 해야 합니다."
하고 아뢰자, 상제가 불러서,

"만약 그렇다면 다시 일기一紀 후에 옛 직책을 회복시켜 주라!"
하였다.

막진군莫眞君이 조산을 대신하여 시랑이 되었는데, 조산과 막역하게 교제하는 사람이었다. 사적으로 옥화부 하인을 보내

어 조산에게,

"송도화는 이미 환궁還宮할 수 있으나, 다만 선생만은 사람 중에 좋아하지 않은 이가 있어 지금까지 인간 세상에 머물러 있으니 매우 개탄스럽습니다. 그러나 받들게 될 날이 있을 것이니, 부디 스스로를 아끼고 삼가하고 삼가하기 바랍니다."
라고 알려주었다.

이에 이르러 상제가 옥화시랑으로 부르니, 깃발과 부절은 공중에 가득하였고, 앞에서 막고 뒤에서 옹호하여 위로 올라갔다.

상제가 채소하蔡少霞를 불러 신궁新宮의 명문銘文을 쓰게 하였다. 예전에 상제가 여러 신선들이 하늘에 조회할 때에 모일 곳이 없자 드디어 창룡계蒼龍溪에 신궁을 짓게 하고, 자양진인紫陽眞人[220]에게 그 명문을 짓게 하였다. 명문이 완성되었는데 쓸 사람이 없자, 근신近臣이,

"진류陳留 사람 채소하가 효렴孝廉[221]으로 천거되었는데 마음과 행실이 있어, 사수승泗水丞이 되었다가 직책을 버리고 세상을 떠나 구몽산龜蒙山 옆에 은거하고 있습니다. 이 사람의 서법이 매우 해정楷正[222]하니 쓰게 할 만합니다."
하니, 상제가,

---

220) 자양진인紫陽眞人 : 한나라 때 도인인 주의산周義山으로 몽산蒙山에 들어가 선문자羨門子를 만나 비결을 얻어 하늘로 올라갔다고 함.

221) 효렴孝廉 : 중국 전한 때의 관리 임용 방식으로, 무제武帝가 매년 효도하고 청렴한 사람을 천거하게 한 데서 비롯되었음.

222) 해정楷正 : 바르고 법에 맞음.

"좋다."
고 하였다.

당일 채소하는 홀로 방에 앉아 있었는데, 베옷을 입고 녹책鹿幘[223]을 쓴 사람이 와서 상제의 명령을 펴거늘, 소하가 그를 따라가는데, 다만 구름 기운이 다리 아래로 유유히 스치는 듯하더니 한 경궁瓊宮에 이르렀다. 푸른 하늘이 광활하고 밝은 해가 환하게 비추는데 새로 갈아놓은 백옥 비석이 있었다.

붉은 옷을 입은 진인이 그 궁궐에서 명문을 가지고 나오더니 소하에게 쓰라고 주었다. 소하는 글씨를 잘 쓰지 못한다고 사양을 하니, 붉은 옷을 입은 사람이,

"상제의 명이니 사양하면 안됩니다"
하거늘, 소하가 즉시 붓을 잡고 잠깐 사이에 끝냈다. 그 명문은 아래와 같았다.

"양상산良常山 서쪽 기슭, 원택源澤은 동으로 흐르는데,
신궁新宮은 굉장하고, 우뚝한 처마는 높고도 높도다.
조각한 옥돌로 주춧돌을 만들고, 아로새긴 박달나무로 기둥을 만들며,
푸른 기와는 비늘처럼 이어지고, 아름다운 돌 계단은 반들반들 잘려 있네.
합문閤門에는 상서로운 기운이 어리어 있고, 누각에는 상서로

223) 녹책鹿幘 : 사슴 가죽으로 만든 두건으로 주로 은사들이 사용함.

운 무지개가 걸려 있는데,

추우騶虞[224]는 순행을 돌고, 창명昌明은 기둥을 받치고 있으며,

구슬 나무는 규모있게 이어져 있고, 옥 같은 샘물은 항상 같게 흐르네.

회오리바람은 멀리서 몰려들고, 햇살은 굽어 비추니,

태상太上이 놀다가 오고, 무극無極은 바로 궁궐이네.

신들이 수호하고, 여러 진인들이 줄지어 서있으며,

선옹仙翁들은 따오기처럼 서 있고, 도사들은 얼음처럼 고결하네.

옥을 음료수로 삼아 마시고, 옥구슬을 즐겨 찬으로 삼네.

계수나무 깃발은 흔들리지 않고, 난초 장막은 펼쳐져 있는데,

오묘한 음악은 다투어 연주되고, 방울 소리는 간간이 들리네.

바람이 천천히 불어오니, 바람 피리 맑고도 맑으며,

봉황의 노래는 음률에 맞고, 난학의 춤은 박자에 맞네.

현운玄雲을 세 번 변화시켜 아홉 번 강설絳雪을 만드니,

역천궁易遷宮[225]을 다만 말하고, 동초부童初府[226]는 누가 말하랴?"

소하가 다 쓰자, 상제가,

---

224) 추우騶虞 : 신령스러운 상상의 짐승 이름.

225) 역천궁易遷宮 : 신선들이 거처하는 궁궐 이름.

226) 동초부童初府 : 신선들이 거처하는 궁궐 이름.

"소하가 처음 올 때에 아무런 직책이 없었으니, 우선 신궁을 지키는 신선으로 삼아야겠다."

하였다.

유사가,

"철목진鐵木眞[227]과 홀필열忽弼烈[228]이 중국을 통합하였습니다."

하고 아뢰니, 상제가,

"이적夷狄이 중국의 주인이 되는 것은 나의 본뜻이 아니다. 다만 지금 천지가 꼭 백륙회百六會[229]에 해당하니, 홀필열忽必烈이 없다면 백 년 후에 진인眞人을 일으킬 수 없을 것이기에, 우선 진인이 일어나기 전까지 맡기는 것도 또한 맞을 것이다."

하였다.

원나라 순제順帝[230] 시에 청덕전淸德殿이 무너지고 땅에 구덩이가 파였다. 구덩이 속에 비석이 있었는데, 비석에,

"일월은 푸르고 푸르나 백성은 재앙을 받을 것이다.

만약 안정을 요망한다면 개원改元[231]을 하지 않으랴?"

라고 새겨져 있었다.

---

227) 철목진鐵木眞 : 몽골 제국의 제1대 왕의 이름. 흔히 테무진[鐵木眞] 또는 징기스칸[成吉思汗]이라고 하는 사람임.

228) 홀필열忽弼烈 : 몽고 제국의 제5대 황제로 철목진의 손자로 쿠빌라이[Khubilai]라고 함.

229) 백륙회百六會 : 106년마다 도래한다고 하는 액운의 시대를 말함.

230) 순제順帝 : 원나라의 마지막 황제.

231) 개원改元 : 연호를 바꾸는 것, 왕조나 임금이 바뀌는 것을 의미하기도 함.

상제가 이미 원元을 혁명하려는 생각을 보여주었으나, 원나라 임금은 알지 못하고 연호를 고쳐야겠다고 하고는, 마침내 원통元統을 고쳐 지정至正이라 하였으니, 진실로 우스운 일이다.

원 나라 순제의 꿈에 어떤 한 붉은 옷을 입은 사람이 정남쪽에서 일어났는데, 왼쪽 어깨에는 해를 걸머지고 오른쪽 어깨에는 달을 걸머졌으며, 손에 빗자루를 들고 궁궐에 들어와 벌과 개미를 쓸어 담고 있었다. 상제가 이미 그것은 진인이 나와 천하의 혼란을 깨끗이 하려는 것을 보여준 것이었다.

또 상제가 재변災變을 보여, 닭이 변하여 개가 되고 양이 변하여 소가 되며, 흰 털이 내리고 유성流星이 떨어지며, 구리와 쇠가 저절로 소리 내고 땅이 흔들리는 것이 백여 일이나 지속되게 하였으니, 상제가 원나라를 싫어하여 견책譴責함이 매우 심하였기 때문이었다.

상제가 대명大明 태조太祖에게 천하를 소유하게 하였다. 태조가 미천하던 때 비몽사몽간非夢似夢間에 자의우사紫衣羽士가 붉은 옷을 가지고 와서 태조에게 주었는데, 태조가 걸어 두고 보니 오색이 찬란하였다.

"이것이 무슨 물건이냐?"

하고 물으니, 도사가,

"이것은 진인의 옷입니다."

하거늘, 태조가 즉시 그 옷을 입어보았다. 옆에 있던 어떤 한 도사가 또 칼 하나를 주며 차고 다니게 하였는데, 이것은 모두 상제가 사자를 보내 준 것이었다.

그가 군대를 일으키자, 상제는 또 철관선인鐵冠仙人 장경화張景和[232]를 보내 늘 그를 보호하고 인도하게 하였다. 금릉金陵에 도읍을 정함에 이르러, 여러 궁궐을 지을 때에도 철관이 다 살펴보았으며, 일이 끝나자 스스로 대중교大中橋[233] 물로 뛰어들었는데, 태조는 죽었다고 하여 시체을 찾았으나 찾을 수 없었다.

동관潼關[234]의 관리가,

"아무개 달 아무개 날에 철관선인이 지팡이를 짚고 관을 나갔습니다."

라고 아뢰거늘, 그 날짜를 계산해보니 바로 물에 뛰어든 날이었다. 이는 철관이 예전에 상제의 명으로 와서 보좌하였기 때문에 다시 복명復命[235]하고자 돌아간 것이었다.

또 유백온劉伯溫[236]이 어렸을 때 청전현靑田縣에서 늘 현 남쪽 높은 산에서 놀았는데, 갑자기 산 절벽이 환하게 두 작은 문을 열었다. 백온이 종종걸음으로 그 문에 들어가니, 햇빛은 밝게 빛났고 사방 한 자쯤 되는 석실石室 벽 위에 일곱 큰 글자가 보였는데,

---

232) 장경화張景和 : 명나라 초기 문신 이름.

233) 대중교大中橋 : 원 이름은 백하교白下橋이며, 남경南京에 있는 다리 이름.

234) 동관潼關 : 중국 섬서성에 있는 관문으로 섬서陜西 · 산서山西 · 하남河南의 요충 지임.

235) 복명復命 : 명령 받은 일을 집행하고 나서 그 결과를 보고하는 일.

236) 유백온劉伯溫 : 명나라 개국공신으로 유기劉基의 자임.

"此石爲劉基所破 [이 돌은 유기劉基에게 깨뜨려진다.]"
라고 되어 있었다. 백온이 기뻐하며,

"이는 바로 상제가 나를 이곳에 오게 한 것이구나!"
하고는, 마침내 큰 돌로 치니, 손질할 때마다 깨어져 돌 상자 하나를 얻었다.

그 안에는 옛날 병서 네 권이 있었다. 즉시 그것을 가슴에 품고 밖으로 나왔는데, 겨우 벽 밖으로 나오자 곧바로 닫혔다. 이는 상제가 유기에게 태조의 장막에서 계책을 운용할 수 있도록 그 병서를 준 것이었다. 이 일로 보면, 대명大明 만세의 기업基業은 상제의 돌봄이 더욱 무궁하였음을 알 수 있다.

상제가 뇌공雷公에게 화운花雲[237]의 아들 화위花煒와 화운의 첩 손씨孫氏를 구하게 하였다.

예전에 화운花雲이 태조를 위해 태평성太平城을 지키고 있었는데 진우량陳友諒[238]의 군대가 갑자기 이르렀다. 화운은 힘써 싸우다가 잡혔으나 욕하기를 그치지 않다가 죽임을 당했다. 그의 아내 고씨郜氏는 화운이 잡혔다는 사실을 듣고, 드디어 그의 세 살 나는 아들 화위花煒를 안고 가묘家廟에 하직 인사를 하고는, 집 사람들에게,

"내 남편은 충의로운 신하이니 반드시 적의 손에 죽었을 것이

237) 화운花雲 : 명나라 개국공신으로 진우량과 싸우다가 39세의 나이로 죽었음.
238) 진우량陳友諒 : 원나라 말기 대한大漢을 세운 무장 이름. 스스로 황제라 칭하 고 나라를 세웠으나, 부하에게 죽임을 당하였음.

다. 남편이 죽었는데 내 어찌 살리요? 화씨는 다만 이 한 아이뿐이니 너희들은 잘 돌보아서 후사가 끊어지지 않게 하라."
하고는, 말을 마치고 나서 물에 뛰어들어 죽어버렸다.

그의 첩 손씨가 크게 곡을 하고는 그 아이를 싸안고 난을 피해 도망쳤으나, 결국 진우량의 부하인 왕원王元에게 잡히고 말았다. 왕원은 손씨의 모습이 아름다움을 보고 강제로 들이려고 하였다. 손씨가 속으로는 따르지 않았으나, 스스로 생각하기에, 따르지 않는다면 이 아이도 또한 해를 당할 것이라 여겨, 마침내 허락하고는 몰래 그 아들을 보호하여 기르려고 하였다.

왕원이 손씨를 데리고 강주江州 본가로 돌아갔다. 이 아이가 밤낮으로 울기를 그치지 않자 왕원의 부인 이씨가 심히 싫어하여 속으로 몰래 해치려고 하였다. 손씨가 울며,

"제발 부인은 불쌍히 여겨 부디 죽임을 당하지 않게 해주십시오. 제가 다른 곳에 직접 버리겠으니 기다려주십시오."
하니, 이씨가 그의 그말을 따랐다.

손씨가 드디어 화위를 안고 강가에 이르러 막 강에 함께 뛰어들어 죽으려고 하는데, 마침 어떤 어옹漁翁이 그치게하며 그 까닭을 물었다. 손씨가 자세히 사실대로 알려주니 어옹이 탄식해 마지않다가 드디어,

"만약 못난 늙은 나에게 준다면 마음을 다하여 보호하고 기르겠소."
하고는, 드디어 그의 집으로 데리고 갔다. 손씨가 자신의 머리

장식을 어옹에게 주며 임시로 아이를 기를 밑천으로 삼게 하고는 간곡하게 거듭 부탁을 하고 눈물을 흘리며 이별하고 마침내 왕원의 집으로 돌아갔다.

다음 해에 태조가 우량을 치자 우량은 형세가 궁해져 강주江州를 버리고 무창武昌으로 달아났다. 왕원도 따라 갔으나 부인과 손씨는 집에 남겨두었다.

손씨는 태조가 강주에 군대를 주둔시킨 것을 알고는, 드디어 어옹의 집으로 가서 아이를 찾아 태조에게 바치려고 하였다. 뜻밖에도 어옹은 자식이 없었기에 그 아이가 총명하고 빼어남을 사랑하여 돌려주려 하지 않았다.

손씨가 집으로 돌아와 이레동안 밤낮으로 소리내어 울었다. 다시 어옹의 집에 갔더니, 마침 어옹은 강에서 고기 잡이를 하고 있었다. 그의 아내가 밥을 보내느라 도리어 집 안에 아이를 두고 잠가놓았다. 손씨가 그 자물쇠를 비틀어 열고는 업고서 달아났다.

이때 태조는 이미 강주를 떠나갔고, 손씨는 어옹이 찾아올까 두려워하여 그날 밤 강가 모래에서 묵었다. 다음날 배를 빌려 강을 건너는데, 또 우량의 패잔군을 만나 배를 다투어 건너다가 손씨와 아이가 그만 물속에 빠지고 말았다. 비록 물속에 있었지만 손씨는 이 아이를 꼭 안고 놓지 않았다. 막 출렁이는 파도 사이로 홀연 나무토막이 떠내려 오는 것을 보고는 나무를 잡고 올라와 표류하다가 연蓮이 있는 물가로 들어갔다. 이때는 꼭 겨울이었으나 연밥이 아직 많이 열려 있었다. 손씨가 연밥을 따서 아이에게 먹였다. 모두 연이 있는 물가에서 물 위에 칠일 동안 있었으나 죽지 않았다. 손씨가 밤중에 하늘에게,

"제 남편 화운花雲은 충에 죽었고 주모主母 고씨는 절개에 죽었습니다. 저 손씨는 이 아이를 먹이고 길러 화씨의 종사宗嗣를 잇고자 하니, 천지신령께서는 굽어 살펴 구원해주시고 보호해주십시오."

라고 기도하였다.

상제가 듣고 급히 뇌공을 불러,

"너는 손씨와 화위를 구출하여 충신·열녀의 후사가 끊어지지 않게 하라."

하자, 뇌공이 명을 받들어 즉시 강으로 왔다. 손씨가 인기척을 듣고는 계속 살려달라고 소리쳤으나, 다만 노옹이 한 작은 배를 몰고 있는 모습이 보일 뿐이었는데, 앞으로 다가와 손씨를 끌어 배에 태워주었다. 손씨가 절을 하고 노장老丈의 성명을 물으니, 노인이,

"내가 바로 뇌옹雷翁이오."

하였다. 손씨가 거듭 울며 말하며 눈물을 흘렸다. 뇌옹이,

"이미 그대는 충신의 첩이요, 충신의 아들이다, 상제가 이미 불쌍히 여겼으니 내가 어찌 구해주지 않겠는가?"

하고는, 마침내 손씨를 인도하여 강 언덕에 올라 앞서서 길을 갔다. 하늘이 밝아질 때쯤 금릉에 이르렀다. 강주에서 금릉까지

는 모두 며칠이 걸리는 거리였으나 뇌공이 시간을 지체하지 않고 즉시 이르게 한 것이었다.

태조는 손씨가 화위를 안고 왔다는 것을 듣고는, 화위를 접견함에 무릎 위에 앉혔다. 손씨가 피란 전의 실정과 뇌옹이 구해주러 온 일을 울며 호소하자, 태조가 주르륵 눈물을 흘리고는 금과 비단을 뇌옹에게 상으로 주고자 하니, 뇌옹이,

"저는 물건을 받을 수 없습니다."

하고서는, 마침내,

"신은 뇌공雷公의 아우로, 신이한 능력은 천지를 두루 통하였습니다.

불효不孝·불인不仁한 이는 노여워하며 내쫓지만, 충의로운 사람은 구원해주기를 좋아합니다.

[臣是雷公之弟 神能通天徹地 怒追不孝不仁 喜救有忠有義]"

라는 두 구절을 읊었다.

말이 끝나자, 발길을 돌려 궁궐을 내려가니, 소재를 알 수 없었다. 이는 상제가 화운은 충에 죽고 고씨는 절개에 죽었으며 손씨는 정성이 지극함에 감동하여 그들을 구해준 때문이었다.

당시 식자들은,

"강 속에는 언제나 떠다니는 나무가 없으며, 예로부터 겨울에 열매 맺는 연도 없다. 손씨와 아이가 잡은 나무는 신목神木이요, 먹은 연은 신연神蓮이요, 만난 노부는 신인神人이니, 이는 화운이 나라를 위해 죽고 고씨가 남편을 위해 죽자, 진실로 상제가

주어서 차마 후손이 없게 하지 아니한 때문이었다. 손씨는 주모主母의 부탁을 받고 떠돌아다니며 고난을 겪다가 물가에서 구사일생으로 그 고아를 온전히 하였으니, 이 또한 상제가 주어서 차마 죽게 하지 아니한 때문이었다. 그러니 손씨와 위가 뇌공에게 구조되어 그의 생명을 죽게 하지 않은 것은 모두 상제의 은덕이었다."
라고 하였다.

상제가 서화산西華山의 요망한 도사를 귀양보냈다. 영락永樂 연간에 태종太宗[239]이 연회 자리에 앉았다가 구름 끝에 한 물건이 날아서 내려오는 것을 보았는데, 바로 우의羽衣 · 황관黃冠[240] 차림의 도사였다. 학을 타고 훨훨날며 난간 밖에 멈춰서거늘, 태종이

"누구냐?"
고 물으니,

"나는 바로 상제의 시신侍臣이오. 상제가 명년 봄에 백옥전白玉殿을 세우는데, 나를 보내 2 장丈 길이의 자금紫金 들보 하나를 찾고 있습니다. 아무 달 아무 날에 가지러 오겠소."
라고 답하고는, 말이 끝나자 아득히 서쪽으로 가버렸다.

태종이 여러 신하를 불러 물으니, 모두들,

"이 사람은 상제가 보낸 것이 분명합니다. 어찌 사람으로서

---

239) 태종太宗 : 명나라 제3대 황제인 영락제永樂帝를 말함.
240) 우의羽衣 · 황관黃冠 : 신선의 옷과 관을 말함.

학같이 놀고 공중에 머물러 있을 수 있겠습니까?"
라고 하였으나, 시랑侍郎 하원길夏原吉[241]만은 다만 그것을 믿지 않았다. 태종도 여우처럼 의심하여 결정하지 못하고 있었다.

수일 뒤에 또 도사가 학을 타고 내려와서는,

"들보를 만들지 않으니 나를 거짓말한다고 생각하는가? 상제가 진노하였으니 장차 뇌신雷神을 보내 작은 경계를 조금 보여줄 것이다."
하고는, 태종이 깊이 사죄를 할 겨를도 없이 또 훌쩍 가버렸다.

조금 있다가, 우레가 근신전謹身殿에 내리치니, 태종이 크게 두려워하여 급히 공부工部에 금으로 들보를 만들게 하였는데, 내고內庫에 황금이 부족하였다. 천하의 이갑里甲[242]에게 각각 5전씩 내게하니, 모두 반 년치 금이 모여 들보가 비로소 2장 정도 완성되었다. 그러나 하원길은 끝내 그렇게 생각하지 않았다. 태종이 웃으며,

"경은 유자儒者라 보통으로 보는 데에 빠져 있을 뿐이오. 두 번이나 학이 내려왔으니, 어찌 속임이겠는가?"
하였다. 마침내 들보를 표문表文으로 천조天曹에 아뢰자, 다시 도사가 학을 타고 이르는 것을 보았다. 태종이,

"들보는 드리겠으나, 어떻게 가져가십니까?"
하니,

241) 하원길夏原吉 : 명나라 초기 대신 이름.
242) 이갑里甲 : 중국 명나라 때 시행한 촌락의 자치적 행정 조직.

"어렵지 않소!"
라고 답하고는, 두 마리 학을 불러 물고가게 하니, 한 깃털처럼 가볍게 구름 위로 올라갔다. 원길은 또 망령되다 여겼다.

태종이 은밀히 사람을 시켜 살피게 하였더니, 서화산 아래 황금을 파는 사람이 있는데 그 값이 매우 쌌다. 사자가 그 사람을 뒤쫓아 산에 이르렀는데, 그 사람은 봉우리 세 개를 뛰어오르기를 평지를 걷듯이 하였다. 사자가 미칠 수 없어서 겨우 잡고 올라가 보니, 예닐곱의 도사가 막 함께 황금 들보를 자르고 있었다. 사람을 보고는 즉시 일어나 개의 피를 뿌렸는데 맞지 않자 모두 하늘로 날아올라 가버렸다. 다만 들보의 반쪽만을 가지고 돌아왔다.

상제가 그 것을 듣고 크게 노하여,

"어떤 놈의 요망한 술수를 쓰는 자가 감히 조서詔書를 고쳐 반대로 그렇게 했단 말인가? 설령 내가 전각을 세운다 할지라도 신공神工이 자연히 완성할 것이지 어찌 인간에게 빌리겠는가? 이런 요망한 술법을 부리는 자는, 만약 죄를 징계하지 않는다면, 그를 따르는 자가 필경 많아질 것이다."
하고는, 드디어 그 도사를 색출해서 영원히 내쫓아 버렸다.

상제가 여서선女書仙 조문희曹文熙를 불렀다. 희는 출생한지 겨우 사 년에 문자를 가지고 놀기를 좋아하였다. 한 권마다 대의大義를 통할 수 있으니, 사람들이 그가 일찍 익히는 것을 의아하게 여겼다. 비녀 꽂을 나이가 되었을 때에는 더욱 한묵翰

墨[243]을 잘하였다. 흰 종이 외에 비단과 창호에 이르기까지 쓸 만한 곳이면 반드시 날마다 수천 자를 썼다. 필획이 신묘하여 명성이 매우 자자하였고 태도와 용모가 또 더욱 뛰어나니 호귀豪貴한 선비들이 금옥을 실어 보내어 아내로 삼고자하는 사람이 한둘이 아니었다. 희가,

"아내로 맞고 싶은 사람은 먼저 시를 보내세요. 내가 직접 선택하겠습니다."

하자, 모든 장편과 단구, 화려한 글과 아름다운 문장이 구름처럼 몰리고 산처럼 쌓였으나 희는 다 돌아보지 아니 하였다. 민강泯江 사람 임생任生이 시를 지어,

"옥황전에서 문서를 담당하던 신선이 [玉皇殿上掌書仙]
한 점 세속을 그리는 마음 때문에 구천에서 귀양 왔네.
[一點塵心謫九天]
몸에서 짙은 향기 나는 것을 괴이하게 여기지 말지니
[莫怪濃香薰膩骨]
하의霞衣[244]에 전각 향로의 향기가 스며서라네.
[霞衣曾惹御爐煙]"

하니, 희가 시를 보고는,

"이 사람이야말로 참으로 나의 남편감이다. 그렇지 않다면 어떻게 나의 지난 일을 알 수 있겠는가?"

---

243) 한묵翰墨 : 문한文翰과 필묵筆墨이라는 뜻으로, 문필을 이르는 말임.
244) 하의霞衣 : 노을로 옷을 삼는 신선의 옷.

하고는, 마침내 남편으로 삼았다. 3월 그믐날에 희가 시를 지어,

"선가에는 여름이 없고 가을도 없으나 [仙家無夏亦無秋]

붉은 해 맑은 바람이 푸른 누각에 가득하네.

[紅日淸風滿翠樓]

더구나 푸른 하늘엔 돌아갈 길이 평온하니 [況有碧霄歸路穩]

함께 오색구름을 타고 놀 수 있겠다. [可能同駕五雲遊]"

하고는 이어 임생에게,

"저는 본래 상제의 문서를 담당하는 선인으로 애정 문제 때문에 속세에 유배 온 지 이기二紀가 되었습니다. 이제 이미 기한이 찼으므로 부르는 명이 있을 것이니. 그대도 함께 가시지요. 천상의 즐거움은 속세보다 만 배나 더 나으니, 부디 의심하지 말기 바랍니다."

하였다.

잠시 후에 선악仙樂이 공중에 울려 퍼지고 기이한 향기가 방에 가득하였다. 붉은 옷을 입은 사자가 붉은 색 전서篆書를 쓴 옥판을 가지고 와서 상제의 명을 알리는 것이 보였다. 희가 옷을 갈아입고 배명拜命한 후, 임생을 데리고 함께 올라갔다.

홍희洪熙[245] 연간에 상제가 또 복청福淸 사람 임홍林鴻[246]을 불러들였다.

예전에 보소진군葆素眞軍 동처묵董處默은 반열이 지선地仙에

---

245) 홍희洪熙 : 명나라 인종仁宗의 연호.

246) 임홍林鴻 : 명나라 초기 문신이었음.

있었다. 그가 문형文衡을 맡았을 때 모든 세상의 재주 있는 사람들이 지은 시문 중 아름다운 것을 기록하여 권축卷軸을 만들고, 『하광집霞光集』이라 하여 상제가 볼 수 있게 대비하여 두었었다. 이에 이르러 상제가 『하광집』을 보았는데, 임홍의 시가,

"새는 거울 같은 맑은 하늘을 날아가고 [鳥渡鏡天淨]
꽃잎은 연못에 날리며 향기를 뿌리네. [花飛澤雨香]"

라 되어 있었다. 또

"비가 날리니 오래된 단은 어두컴컴하고 [檄雨古壇暝]
별이 줄지어 나오니 광한전이 열리네. [禮星寒殿開]"

라고 된 시도 있었다.

상제가 크게 찬탄하고 상을 내리고는 동처묵에게,

"임홍은 어떤 사람인가?"

하고 물으니,

"이 사람은 매우 신선의 운취가 있습니다. 제가 예전에 만나 보았는데, 신의 문이 잠겨 있는 것을 보고는 시를 지어,

"푸르스름하고 조그만 누대와 전각에는 붉은 구름 스며있고, [翠微臺殿濕紅雲]
높은 오립송[247]에는 학의 무리 깃들어 있네. [五粒高松寄鶴群]

은 자물쇠가 채워져 있고 이끼마저 끼었으니,

247) 오립송五粒松 : 한 촉에 다섯 잎이 나오는 소나무를 말하는데, 도가에서 흔히 그 잎을 말려 가루로 만들어 생식을 함.

[銀鑰已扃苔蘚合]

어느 곳에서 모군茅君[248]을 만날지 모르겠도다.

[不知何處遇茅君]"

라 하였습니다. 저를 만나고 나서는 또 시를 지어,

"'백옥 선원仙源은 자하동과 떨어져 있으나, [白玉仙源隔紫霞]

속세에 길이 있어 요화궁에 들어갔네. [人間有路入瑤華]

붉은 주머니에서 노을 먹고 신선이 되는 비결[249]을 꺼내 보여 주니,

[絳囊倘示餐霞訣]

오래도록 천단을 향하여 떨어진 꽃잎을 쓸어내리네.[長向天壇掃落花]'

라 하였습니다. 이 읊은 것을 보면, 그의 사람됨을 넉넉히 알 수 있습니다."

하니, 상제가,

"이 시인이 평범하지 않은 것과 같은 사람은 많지 않다."

하고는, 마침내 조칙을 내려 제선국으로 불렀다.

성화成化[250] 연간 사람 종남도사終南道士 장진인張眞人[251]은

---

248) 모군茅君 : 모영茅盈, 모고茅固, 모충茅衷의 모씨 삼형제를 가리키는 말로, 모두 수련하여 신선이 되었다고 전함.이다.

249) 찬하결餐霞訣 : 아침 저녁으로 생기는 노을 기운을 마시는 수련법.

250) 성화成化 : 명나라 헌종憲宗 연간1465-1487의 연호.

251) 장진인張眞人 : 장량張良의 후손으로 선도를 얻은 뒤 백성들을 현혹시킨 적이 있음.

바로 한나라 장량張良의 삼십여 대 후손이다. 문득 한 요인妖人이 공중에서 내려와,

"나는 바로 천부天府의 갈선옹葛仙翁[252)]이다. 상제의 명을 받아 도가 있는 사람을 찾고 있는데, 보아하니 그대의 청수淸修함이 상제가 찾는 사람에 부합하도다."

하였다.

장진인이 비록 맞이하여 앉았으나 마음속으로는 가만히 의심을 하였다. 그 사람이 갑자기 날아서 가버리더니, 다음날 또 와서 크게 탄식하며,

"신선의 인연은 만나기 어려운데, 그대 같은 재주를 가지고서도 나를 믿지 못하는 것은 운명이다."

하거늘, 장진인이 후하게 대접하고는 공손히 그가 잘하는 것을 묻자,

"할 수 없는 것이 없습니다."

라고 하고는, 단사를 꺼내어 점을 찍으니 손이 가는 대로 금이 되었다. 진인은 더욱 그를 공경하였다. 며칠은 머문 뒤, 그 사람의 금은 그릇을 모두 거두어 밤에 몰래 날아가 버렸다. 진인이 부끄러워하고 분해하며,

"내가 천하의 도사導師로서 요망한 사람에게 속임을 당했으니 무슨 낯으로 세상에 있겠는가?"

---

252) 갈선옹葛仙翁 : 갈홍葛洪. 진晉 나라 때의 도사였으며 저서에 『포박자抱朴子』·『신선전』 등이 있음.

하고는, 즉시 글을 올려 천조天曹[253]에 하소연하니, 상제가 그 요인을 잡아들이라고 하여 벌을 내렸다.

그때에는 상제가 세상을 다스린 지 이미 오래되어 모든 천조天曹의 사무와 여러 진인의 언행이 많았다.

근래에 동명東溟 성이 황黃인 사람이 누설을 금하는 것을 어길까 두려워하여, 우선 그것의 대강을 가려 기록한 것이 있다. 비록 망령된 것을 만든 것에 가깝기는 하지만, 세상에 착한 일과 악한 일에 보응하는 귀감龜鑑이 되기를 바란다.

---

253) 천조天曹 : 하늘 나라의 관청.

Ⅲ. 〈옥황기玉皇紀〉 원문

p.1

『東溟文集』 卷之十三

〈玉皇紀〉

玉皇上帝 混沌氏之子也 生於先天盤古 初卽帝位 其德神明 其道廣大 運自然之用 行不言之化 蕩蕩乎無能名也 以至公爲心至健爲氣 至虛爲性 輕淸爲質 悠久爲體 壽無窮也 都於紫府名其都曰白玉京 以紫雲爲城 靑雲爲郭 號曰五城 城外之水曰銀河 浦曰銀浦 城內之街曰天街 府曰天府 皆銀沙玉地瀅然也帝常居紫微宮玉淸殿 其別宮則曰水晶宮玉華宮太淸宮 其別殿則曰廣寒殿瑤華殿羣玉殿 其樓則曰紫虛樓白玉樓 其臺則曰瓊臺瑤臺 皆帝之時所出御也 天曺之官曰太乙 曰廉貞 曰河皷 曰柳星 曰畢觜參 曰張翼軫

p.2

曰南箕 曰文轂等 迺近侍也以 羲和司日車 望舒司月輪 以屛翳主雲衢 豊隆主雷府 以雨師掌天井 風伯掌大塊 四時之佐 五行之吏 咸濟濟就職 無所闕也 且於四海各置君長 曰阿明 曰祝融曰居生 曰雍强 分爲海國之主 其五岳四瀆 亦設典守之官 俾有統也 帝出則乘雲光輦 坐則御紅雲椅 衣雲霞日月之衣 躡龍鳳瓊紋之舃 精光炫燿 瑞彩玲瓏 而天顔日表 望之爛如也 一日帝

設朝 張紫霞之盖 建青虹之纛 左右侍女各有所執 分行玉立 眞所謂雙瞻御座引朝儀也 明庭淡灑 玉班整齊 多少靈官 盡着赤霜之袍 白霓之裳 星冠霞佩 序立分庭 從職品也 朝拜旣畢 帝曰 天下旣廣 億兆至象 有慾之界無主迺亂 遂命有司 肇立君師 此歷代帝王之所創始也 帝曰 裸虫三百人爲之長 不可穴居

p.3

與虫蛇相混 宜喩以構木之制 不可食腥與禽畜無別 宜喩以用火之術 有二靈官 出班願往 帝許之 一去爲有巢氏 一去爲燧人氏也 帝於班部中 召人身牛首者曰 下民血肉之軀 必有疾病 口腹之養 必以穀物 其所以醫藥之草 耕種之器 汝其敎之 召蛇身人首者曰 二儀未判數已先具 予欲示圖於龍馬 而想無解之者 且大道之源 非書契 難以昭揚 汝其畵數而造書 二官承命而去 所謂神農伏羲也 帝旣命訖 詔有司曰 予所覆臨之下 許多横目之徒 雖生於下土 而實天民也 其爲君師者 撫養愛恤 則是體予者也 若侵虐殺害 則是逆予者也 體予者宜輔之 逆予者卽易之 汝有司當廉察以啓予也 帝又封眞宰爲司命君曰 汝司人壽命貧富貴賤 其壽命 率以一百四十爲常 其貧富貴賤

p.4

視其善惡而加減焉 司命君進曰人有耳目口鼻 其慾難制自戕自賊者滔滔 其不及四五十者 多矣 況百四十乎 此則不及於當限者也 或其能養眞鍊形 得神秘之方 導引之術者 有盜其壽命

超然於生死之外 此則過於當限者也 如此過不及者 何以處之 且當貧當賤者 或因緣請托 圖得富貴者有之 當富貴者 或未免爲貧賤者有之 此等之類亦何裁之 帝曰 壽命之自戕賊者已矣 其不至甚焉者 以八十七十六十爲次第 亦可惡者而富貴 其身幸而免禍 則其子孫當受其殃 善者而貧賤者 雖其身不得自享 而其子孫當畀其福 以此定爲恒式也 至於養眞鍊形者 係是仙籍之人 非可以常規待之 宜更禀覆施行 帝又勅地府王曰 凡人之善者毋枉害 淫者毋敢護 勿以國君而貸之 勿以匹夫而忽之 審其爲惡之

p.5

輕重 察其犯罪之大少 用刑施罰 一禀於天曺 務欽哉 三月上巳日 迺群仙朝賀之辰也 是日 帝御玉淸殿 遣廣成子召軒轅 初廣成子隱於崆峒山 軒轅膝行而來謁 敷衽而請學 廣成子略擧大道之要 俾知爲學之門 軒轅心得躬行 孜孜不怠 至是廣成子薦於帝曰 凡天人册訣 非其人而傳之 有罪 有其人而不傳 亦罪帝之命也 臣百分愼擇 得軒轅而敎之 軒轅本以天官 降於下者也 其學易成 其才至睿 可以爲輔弼之任矣 帝卽令廣成子召之 軒轅方在鼎湖鑄鼎 聞命將乘龍駕 其臣之攀龍髯者亦多 其不得攀者 望之號哭 軒轅投其弓釼以慰之 卽日上朝 帝命之爲侍衛 帝遣河上公召有虞氏 初 有虞氏欲學先天之易 而不得其師 河上公知之 往而敎之 且以丹經開悟其心 有虞氏聖

p.6

者也 一受其學 無不慱通 河上公薦之於帝 故帝令召之 帝遣姒禹治洪水 時洪水橫流 壞山襄陵 汎濫天下 下民其咨 已至九載帝謂左右有能俾乂 左右曰 水害如此 雖陶唐氏盡心欲理 而固非人力所能 今有禹者 名屬丹臺 治此水者 必此人也 帝旣命之禹旣告厥成功 帝錫玄圭 使之代虞氏有天下 先是 受命者 皆官天下 至禹 始命以天下傳子孫 嘉大功也 凡昇於帝所者 雖於人間已得其道 而更於梯仙國 萬日脩鍊 方始登焉 而軒轅有虞則不由梯仙國 一擧直上者 能生知也

帝命天乙伐夏桀 桀之爲王也 心惑昧喜 大肆淫慾 草芥黎首 虐熖蟠蒼穹 天下塗炭 怨讟徹上天 帝聞之有是命 天乙起自亳邑初征葛伯 東面西怨 攸徂相慶 而不勞其兵刃者 應於帝也 伊尹以仙曹侍臣 下

p.7

佐天乙 咸有一德 肇開玄鳥之業 復辟太甲之位 然後帝還召之當時殷人不知伊尹之從天降 謂其生於空桑 塵世蒿目 寧識其復歸天耶 天乙之裔 有紂者 淫荒妲已 殺戮生靈 炮烙蠆盆 旣已甚矣 斫脛刳腹 其亦慘矣 天下疾首曰 時日曷喪 余及汝偕亾且自稱我生不有命在天 其矯誣亦極矣 帝大怒 命姬發亟征之初 西伯姬昌 三分天下 至有其二 而帝以紂惡 庶幾改之 故使姬昌姑緩其剪商之志焉 不料紂虐久而益甚 遂促姬發弔伐 詩所謂乃眷西顧者此也 姬發父死不葬 而觀兵孟津 刻日擧事者 帝

命之急也 八百之國 不期自會 而火變烏於流屋 魚入舟於渡河者 盖顯其順人而應天也 有怪鬼天里眼順風耳者 逞兇舞巧 欲拒姬發 帝怒而戮之 太公望之取千年老桑而燃之以擊者 乃帝

p.8

之所誘也 甲子日 姬發入於朝歌 梟紂首懸於太白旗者 姬發知帝之怒甚故也 姬發旣立 帝令四海河瀆君長 皆來聽命於周 欲廣其化也 時當大雪 太公爲豆粥 以饋其君長 盖以帝命來 故慰而送之也 未幾帝遣應龍 召還周公旦 周公之東征也 帝曰 姬某下輔周室 被疑於幼仲 居東三載 尙未返國 予不明其無罪 則將無以暴白於天下後世 遂勅豊隆列缺飛廉等 奮揚天威 要悟成王 豊隆等拔木偃禾 顯示天怒 成王果大懼而迎周公 周公居家宰 有然丘之國 來獻比翼鳥 歷百餘國 經鐵峴 從沸海 越蛇洲踰蜂岑 所謂鐵峴者 峭礪如釼戟 沸海者 洶湧如沸湯 蛇洲者蛇虺窟穴 蜂岑者 蜂蠆淵藪 其使者 於鐵峴 則以剛金爲車輪沸海 則以純銅薄舟底 於蛇洲 則以豹皮爲幕於車上 於蜂岑 則以胡蘇木燃火於車

p.9

前 閱十五年 乃至洛邑 當發其國之時 並爲童雅 至京師 鬚髮俱白 及還其國 復變爲少壯 其比翼鳥狀如鵲 含南海之舟泥 巢崑岑之玄木 中國有聖人則來集 此乃帝之所以表瑞於周公也 凡周公所爲 帝皆相之 至是遣應龍召還 帝嘗宴閑 王毋啓曰 臣曾

遊玄圃 有穆滿者 跨入駿之馬 以王良造父爲御 西入崑崙之山 求道甚切 臣引見於瑤之池上 飮以玄露之酒 侑以黃竹之曲 緣其國有徐偃之亂 暫且還歸 而其穢髓塵骨 則固已變矣 請召之待詔於梯仙國如何 帝曰可 帝又詔於梯仙國 俾招周靈王及萇弘 太乙眞人告於帝曰 靈王本臣之弟子 而降生於周者也 渠於國中 取崿谷陰生之木 構百丈運雲之臺 名曰昆昭 每自登其上冀望雲駕 故臣於近者 欲奏而召之 聞有二妖人 乘遊龍

p.10

飛鳳之輦 駕以靑螭玉虯 來止王所 當旱災焦金之日 其一人者引氣一噴 玄雲四合 亂雪蔽空 池井皆凍成氷 人畜俱寒戰骨 忽其一人噓氣 卽席爲炎 薰風滿室 四坐流汗 此二人變態不測 托稱神仙 眞紫之亂朱莠之亂苗 使靈王心志恍惚 如此幻術迷人之輩 不可不譴罰 帝笑曰 是必萇弘小兒之所弄也 宜先罰萇弘然弘亦仙才也 不可徒戮 當令釼解 靈王一時上來 則其妖人不斥而自散矣 遂詔於梯仙國 時萇弘被誅 其血成碧 盖釼解也 周室東遷 天下分崩 七確角力 四海流血 亂賊接跡 山河沸鼎 周不能號令 將並與虛器而不得擁矣 帝謂左右曰 姬籙未畢 而危亂如此 可養出一箇豪傑 佐其主 一匡天下 有馮仙人者 挺身對曰臣雖蒙學 願當其任 以副帝意 當日階辭下來 扮

p.11

作山中隱遯之士 果得管仲而敎成之 管仲之才智冠世 而輔齊

桓統諸國而衛宗周者 馮所導也 其後管仲又爲馮仙所引進 帝以老聃爲浮黎天眞伯 聃在孕八十年而生 生而眉白 指李樹而爲其姓 又長撰道德經十萬言 有異人乍老乍少 隱形則生影 聞聲則藏形 出肘間金壺四寸許 上有五龍之檢 封以青泥 壺中貯黑汴如純漆 灑地及石 皆自成篆隸科斗之字 將老聃道德經十萬言 寫以玉牒 編以金繩 函以玉匣 晝夜精勤 金汁既盡 則刳心瀝血 用以代墨 又鑽腦骨 燃爲膏燭 及髓血俱竭 探懷中玉管中丹藥之屑 塗其身 身復如故 聃仍更除其經繁紊 只存五千言遞經成工訖 異人卽不知所去 盖帝遣之 以佐聃寫經者也 聃爲修眞祖宗 爲周柱下史 棄之出關 關令尹喜願安承教

p.12

以所著五千言遺之 入崑崙而來 帝召而封之 帝以孔夫子丘爲廣桑山仙伯 初 帝以大道 人無知者 天下長夜 斯文墜地 乃以孔丘爲素王於天下 以過化存神之妙爲學者木鐸 不厭不倦 揚萬古 羣蒙之日月 以壽吾道之元氣 其不得試用於天下者 帝恐其道行於一時 則無以立言垂教於萬世故也 卒能刪詩書 定禮樂修春秋 贊周易 盖不敢負帝之所責任也 且於仙訣 無不神通 而不形於外者 懼人之不自量而妄趨之也 故其對人言曰 索隱行怪 後世有述焉 吾不爲之矣 其以仙道 豈眞爲隱怪哉 爲妄趨者而反說之也 道既大成 曳杖晨歌 乘彼白雲 至于帝鄉 帝封之有莊蒙列禦寇上箋曰 臣等所行之道 可謂高者 入於空虛也 雖不敢庶幾於眞妙 而亦不以一點穢累着於胸襟 願備斯役之任

得灑掃天庭 足矣 帝曰仙學

p.13

固不可義襲而取之 然爾等所述之書 可進與吾看 吾察其可不可也 莊蒙等各以其書上進 帝覽之曰 爾等比孔丘 未免爲異端 然孺子可教 宜往梯仙國做工
帝戮縞池君 先是 有司官奏曰 天地之數 盈則必衍 故日有昃月有虧 歲有閏 理也 今者 周運旣訖 政値閏數着 令何人當此閏耶 帝曰 縞池君有雄才 姑假以天下 若能勝其任 則仍之無妨 於是縞池君托於嬴氏 並六國呑二周 是爲秦始皇 始皇以虎狼之性 行暴虐之政 焚詩書坑儒生 大殺人民 帝勅十二人 身長五丈足大六尺者 現形於臨洮以警之 則始皇反以爲瑞 鑄金爲其像 且欲觀日出 爲石橋於東瀛 帝令鬼神驅石者 非爲始皇 哀民之竭力而將死也 始皇益肆驕氣 求長生不死之藥 帝使華山

p.14

君 持璧送之 以示其必亡之期 而始皇乃爲萬世之計 又築金城民骨盈野 帝以靑衣絳衣兩童子 爭集其天下 示兆於其夢 則始皇東巡 恣殺無辜 帝大怒命東海龍王 擊而戮之 始皇之急死於沙邱者 以此也 司命君奏曰 秦丞相趙高 嘗服丹藥 其壽何以斷之 帝曰 高是閹人 而爲惡亦拯 豈可以服餌而容貸其喘乎 速加顯誅以夬秦民之心焉 高之誅也 有小靑鳥飛出於項中 其丹氣化而散也 帝命劉邦 代秦有天下 先是 帝詔有司曰 代秦氏者

須先篤生 有司以帝命 喩赤龍氏 俾鍾其精 赤龍氏會劉媼於雲霧晦冥之頃 邦之隆準龍顔 實克肖也 稱以赤帝子者 赤龍氏之子也 至是起兵於沛縣 初不自振 帝謂有司曰 邦雖當興 而秦兵向强 必又有同力擊秦者 以秦民爲叢驅雀於

p.15

劉邦 邦可成也 有司曰 六國之亡也 楚最有寃 故楚雖三戶 亡秦者 必楚云者 當時之言也 今依其言 以楚之項籍 立楚王 以資劉邦 則邦得以有仗而易於爲功矣 帝曰 倘項籍强暴嗜殺 則亦一秦爾 天下之民 豈不怨乎 有司曰 政欲使籍强暴嗜殺 而取天下之怨也 不然者 何以顯劉邦之仁德 而得天下之歸附乎 帝曰 雖然 如此宜促 結局毋徒苦天下之民父子爲也 時 籍得大澤中黑龍所化烏騅馬 此非佑籍 欲乘之而早伐秦也 籍不知 却以帝命爲屬於已 盖妄也 帝一日俯鑒鴻鴈川邊 大兵屯結 釼戟林森 將士虎步 軍聲雄雄殺氣騰騰 又於覇上有一營寨寨 旗幟皆赤 軍容和緩 帝問曰 彼何人兵也 有司曰 鴻鴈川者項籍也 覇上者劉邦也 籍以邦爲欲王關中 將欲擊邦 所以

p.16

屯於彼此也 帝曰 以勢則邦不當籍 以運則籍不擬邦 雖天定勝人 而人衆勝天者 或有之 爾有司可急助邦也 遂打動項伯之心馳見張良以解其急者 有司官承帝之旨也 籍之王諸侯也 王邦於漢中者 非其心也 盖邦是赤帝子火德也 漢中在西金方也 火

得金克而熾 金遇火鎔爲器 邦之王漢 當旺之象也 此乃帝誘之也 睢水之敗 實所謂人衆勝天者 而扇大風 迷惑楚人 發白光引出劉邦 遺鳩鳥護古井 令丁公止短兵者 皆帝力也 籍自垓下欲走江東 帝疑其復有鴟張之患 使籍夢見劉邦奉紅日乘彩雲者 欲籍知命之已定 而不渡江也 漢有天下之後 有老仙稱黃石者 告于帝曰 韓人張良 素有仙骨 臣教以兵書 俾爲王者之師 又教以洞簫之曲 故漢氏之臨危獲濟 當敗得全 而至於九里山吹洞簫 動

p.17

哀音 以散重圍之楚軍者 良之智也 功成身退 卽從赤松子 學其秘訣 想赤松子 早晩當爲薦進 而臣所以先告者 愛良之才 而不敢嘿也 帝卽召來於梯仙國 有一隊秦人 避秦虐政 逃入武陵 帝聞而憐之 因着爲桃源物外之民 所謂一入桃花源 千春隔流水者也 秦宮人毛氏 當循葬於驪山 乃與其役夫一人 脫禍而入嵩山 以松栢葉爲糧 帝惻其無所歸 命錄其姓字於瓊籍 所謂簫管秦樓應寂寂 彩雲空惹薜蘿衣者 乃其所自吟也 楚漢之際 人多遁跡 而其尤者 有東園公 綺里季 夏黃公 甪里先生 號爲四皓隱於商嶺 歌紫芝曲 以自樂焉 帝嘉其肥遯 亦許爲地仙也 河上公啓曰 漢氏三葉之主代王者 玄默爲性 淸淨是尙 而且篤於講經 誠思過半矣 於眞法者也 但其經旨未得釦去 臣請往解之

p.18

卽日辭帝 下寓於渭上 聚會門徒 討論道德經 孝文聽知一老人在渭上說經 遣人召之 河上公日 師無就敎之禮 孝文不得已躬詣其所 初不知老人之爲河上公 亦不知河上公之爲眞人 欲以其勢壓之 乃謂河上公日 君居於世 朕之民也 何自尊而不承朕召也 河上公昇空高踞曰 我乃上帝之臣 豈汝民哉 況道之所在師之所存也 師道極尊 我縱非天人 汝敢侮耶 孝文下坐 稽首謝罪自責 河上公始披經 指敎一一 因日 我曾敎有虞氏 奏帝登仙今爾亦懋修益精 則亦當薦於帝 爾其勉之 不久 河上公果召去帝召東方朔 朔本歲星精也 爲眞官 常侍帝側 三千年一洗髓 二千年一伐毛 朔已三洗而四伐 爲眞宮最久也 王母嘗種桃 朝夕愛玩 此桃三千年一結實 而朔三度偷食 王母訴於帝 帝竄朔於張夷家 俾爲張夷

p.19

之子 時 漢景帝三年也 孝武朝爲大中大夫 朔雖謫墮 而靈性不泯 嘗北至鏡火山 取明莖草 獻於孝武日 此草可燃爲燭 洞照腹內 故一名洞腹草 孝武試之 果不虛 又東入吉雲之地 得靑黃赤白甘露 各五合盛以靑琉璃瓶以授孝武 又過東王公之舍 騎一匹神馬 繞日三匝 馳到漢闕 闕門未掩 而朔於馬上睡不覺矣 孝武問其馬名 朔日 步景駒 孝武嘗問日 漢運火德 當統何瑞 朔日我曾歷扶桑七萬里 遊昊然之墟 有一雲山 山頂有井 從雲井出若土德則黃雲 火德則赤雲 金德則白雲 水德則黑雲 木德則靑

雲 今漢火德 故赤雲蓊鬱方盛 是火德之瑞也 孝武又問曰 人言蓬萊山有不死草 然乎 朔曰 不惟蓬萊也 東北地有芝草 三足烏每欲下食 羲和以手掩烏目 不許下者 畏其貪食而不能動也 帝聞朔多不自晦

p.20

將仙府秘事 說與孝武 恐久留人寰 益增漏洩 謫十八年 召還之 帝又召李少君 孝武雖勤於求仙 不節嗜慾 北伐凶奴 西征大宛 窮兵未已 竭財不止 海內虛耗 天下愁嘆 帝乃惡之 而李少君不先格其非 迺爲之取綵蜃之血 丹虹之涎 靈龜之骨 阿紫之丹幅羅之草 和成仙香以娛之 復置紫金之鑪 將合龍虎大丹 以延其壽 帝以爲少君藥成 則是孝武長生 而民久受其害也 乃召之 少君知帝意 乃托稱其術無所效 以激孝武之怒 陽受誅而陰逃焉 赴帝召也 王母啓曰 劉澈多慾而亦非凡骨 棄之可惜 臣願教而化之 帝戲曰 汝以劉澈欲爲穆滿耶 然試往觀之 王母先遣侍女 通于孝武曰 爾當齋戒七日 灑掃別殿 以待我也 孝武卽於集靈臺 焚鳳髓之香 燃龍膏之燈

p.21

沐浴而祗候焉 王母邀上元夫人 暫同降臨 授丹經一帙曰 汝淫邪充腸 已無可救 須自今改行易心 熟讀此經 則或庶幾焉耳 王母上來後 孝武雖尊閣其經於栢梁臺 朝暮禮拜 而却不遵其訓 縱恣依舊 王母怒之 火其栢梁臺 而取經來 卽奏於帝曰 劉澈眞

糞土之墻也 帝曰 我已料之 然汝以至眞 屈已下見 不可使澈全然無用 宜令屍解也 帝罷劉安職 初 八公聞劉安有志 指授其方安貪其富貴 不卽謝棄 八公圖成其叛 及孝武遣兵將捕 八公引安上昇 漢史之所謂誅者 非眞安 乃假者也 安旣來仙曺 却不忘其王位之貴 每向諸仙 或稱孤 或稱寡人 妄自尊大 帝罷其職置諸散地 俾戢驕也 帝還收孝宣之寶鏡 初 戾太子巫蠱之發也公孫病已在於襁褓 帝謂有司曰 病已他日當嗣立者也 不

p.22

可令其被禍 乃密投寶鏡於史良娣家 此鏡本出於身毒國 而西海龍王所進於帝者也 使良娣偶然得之 大如八銖錢 明瑩無比以綵絲繩穿結其孔 以佩於病已 盖史良娣不知其鏡之所自來而只以爲小兒之可玩 且愛病已而佩之也 病已繫於牢獄 晝夜呱呱 而其鏡懸在身邊 不爲人所解奪 帝使之也 病已終得保全繼爲天子 實鏡除禍佑福之致也 終病已之身 珍襲寶藏 及病已纔薨 帝勅收之 漢宮之人 不知其收在天上 咸怪其亡失也 王莽之簒奪也 帝命劉秀中興 秀之初生 氣佳欝葱 禾發九穗 帝之有意於秀也 已久 王莽知有劉秀 以爲妖人 令天下大索妖人 而竟不得者 帝護之也 及起兵 其窘於被追也 河水合氷 其困於被圍也 朽木生孼 注大雨而凍犀象 降赤祓而示圖讖 帝之終始眷于光武 其至矣哉 且令二十八宿各鍾出一人 以佐光武 其將相二十八人之戰勝功取 而無一人

p.23

陷沒者 二十八宿之所憑也 其畵於雲臺也 以應卄八宿云者 盖當時太史令仰觀玄象 知其所從來而言之 非謬稱也 光武旣興 其二十八宿在於帝前 爭誇其所鍾出之人 而唯少微不言 帝問曰 汝何獨嘿於衆誇之中也 少微對曰 臣所鍾出者 嚴光也 凡劉秀之自初至終 皆光之指揮 而及秀得位 光退隱草澤 自守高尙故臣亦不誇矣 帝曰 諸星之所鍾出者 只一時富貴功名也 汝嚴光者 不但扶東京節義 淸風蘭雪 萬古灑灑 吾將加以仙官 汝其召致之 少微後以帝命 引昇嚴光 世之爲嚴光設廟者 虛廟也 漢之季也 帝曰 劉運猶有剩數 子孫更無可繼者乎 有司以劉備對帝曰 備之顧見 其耳垂 手至膝 桑有羽葆者 予所悉也 然單身無助 不能所存 奈何 有司曰 已令南陽臥龍者 起而盡瘁矣 飛廉奏曰目

p.24

今 曹操以八十萬雄兵 一千員猛將 破荊州下江陵 將指東吳 屯於赤壁江北 旌旗拂雲 戈甲遍野 而戰艦蒙衝蔽塞江面 目無江表 甚是雄壯 只見赤壁之南 有數萬之兵 結爲一寨 軍數雖少 而兵氣亦銳 爲其元帥者 乃東吳八十一州大都督周瑜 而其營中方有諸葛亮 忝贊謀畧 欲以火攻曹操 相與定計 諸葛亮乃爲七星壇 步罡踏斗處 誠上告請發順風 臣伏念 曹操己應興運 合當保佑 而諸葛亮又是仙籍中人 其請亦不可不從 何以爲之 帝曰曹操之此擧 妄動也 東吳孫氏之祿 尙且未艾 而其名正言順者

亦無如諸葛亮 宜速依其請 飛廉遂下助諸葛亮 頃之 帝召諸葛亮 諸葛亮之出陣五丈原也 帝謂有司曰 初 使諸葛亮起輔劉備者 以劉氏有一隅鼎立之數故也 諸葛亮竭其丹血 鞠躬盡力 非

p.25

不欲助之 而奈劉氏已矣 何哉 其所以至今不亡者 亦緣諸葛之忠貞 余不忍遽絕之也 今則劉禪作俘之日 已迫頭矣 不可使諸葛亮留在於漢 遂命其將星 下報於諸葛亮而召之 司馬氏之不君也 帝令胡虜動兵 有司稟曰 夷狄禽心而獸性也 前此虞之有苗 商之鬼方 周之獫狁 漢之匈奴 帝每抑之 不使侵中國 今反眷之何也 帝曰 中國之君 昏亂無道 侵虐歛怨 其所行有甚於夷狄 則其淂罪於天者大也 吾所以鼓動夷狄者 怒中國之淂罪 而以夷狄攻夷狄也 非所以有眷於夷狄而欲佑之也 今者 司馬之罪予甚怒焉 汝其急催夷狄討司馬 施予怒也 於是 五胡並起 直覆晉社 帝謂有司曰 馬旣滅矣 可以牛繼之 有司曰 牛馬一也 乃以牛易馬 何也 豈以牛勝於馬乎 帝笑曰 若匀有罪 則牛馬何擇焉 但彼羸牛之子 騂

p.26

且角 姑代其馬 何害哉 此晉元之浮江南渡 淂保於瑯琊者 以牛故也 曰宋 曰齊 曰陳 曰梁以來 帝皆從之 至於隋煬 地府啓曰 阿麼之惡 亘古所無 暴兵於征遼 殘民於開河 血塗原野 臭聞千里 狗彘厭人食 烏鳶飽人之骨 四方爲墟 群生號天 不忍見 不忍

聞 顧此阿麼者 本一鼠也 豈可縱一鼠而爲餓虎於萬姓哉 今繫其本身 鎖於銅柱 將以鐵棒撾碎其腦 謹此先奏 奏罷 地府王呼武士 牽阿麼入前 責日 遣爾暫脫皮毛 爲中國主 何虐民害物不遵天道 至此極耶 阿麼本身鼠也 無一言可答 但點頭搖尾而已 擧大棒擊其腦 阿麼大叫若雷吼 方欲再擧棒 帝宣詔日 阿麼數本一紀 今七年 若以棒斃之於地府 則是陰誅也 俟過三年 當以練巾繫頸而死 以暴罪也 地府遂奉旨還囚阿麼 阿麼楊廣之小字也 是時

p.27

隋煬果痛頭數日 恰過三年 以練巾縊死 帝命之昭昭也 如此 帝命李世民主天下 當隋之末 劉武周 王世充 竇建德 李軌 李密蕭侁之徒 各部領精騎四五十萬 分據郡縣 有司日 他姓不須論也 惟李氏應讖 實非一日 故彼以李爲姓者 無不冀其僥倖 惟簡在帝心 未知當簡誰耶 帝日 李云李云 夫豈軌與密庸庸者云哉太原李世民 予賦以龍鳳日月之表者 豈徒然也 其所居之里名日唐興村 亦有以也 且是老聃之裔也 胡可使眞人子孫 不得有天下乎 發於讖者 本爲世民也 楊廣雖剪伐李樹 寧得禦世民之興乎 予於冬月 開洛陽李花 已表世民之祥矣 世民眞釋茲在茲者也 可亟行事 且征戰之際 慮有不虞 可將金龍五彩 罩其身上以防矢石也 世民之伐鄭也 王世充帶甲三

p.28

十萬 所據之城 堅如鐵甕 而竇建德又率兵四十萬 傾其國而來授之 漫山塞野 勢震乾坤 有司稟帝曰 目下 李世民內外受敵 世民雖善用兵 而竇建德四十萬 且是初來生力之兵也 恐世民有劉邦睢水之敗 姑令世民解兵而歸 待時重來 乃萬全也 帝曰世充建德比於項藉 則乳狗也 且建德姓竇也 竇與豆同音 故令其陣於地名牛口之處者 深有其意也 豆入牛口 豈有生全之理乎 建德之讖 予旣黙示 而世充不過爲窮寇 世民一擧兩淂 政在此時 寧使其解去耶 是時秦王攻鄭未下 而夏兵大至 衆心危懼 左右謀臣 皆歡撤兵 秦王沉吟久之 方決對敵此 是有司稟帝欲解 而帝命留戰者 灼可見也 其建德之竟敗於牛口 而世充之自降 一如帝言也 貞觀末年 帝曰 世民之國 當爲女主所據 其數然也 及

p.29

武后之僭也 地府啓曰 武氏淫虐無忌 崇任酷吏 戕賢毒民 無所不至 而欲私李氏之基業 盡鋤李氏之子孫 遠竄嗣君於房州 大亂唐經於周紀 自地府所當施罰 而係武氏本大羅天仙 故不敢擅便 謹具啓知 帝曰 白天已命廢幽之矣 群玉府修文郎請召晉張華 掌其府圖書 華晉人也 愽覽强記 嘗爲建安從事 遊於山中遇一神人 問曰 君讀書幾何 華曰 華之未讀者 近二十年內書盖有之也 若二十年前 則固己盡誦矣 神人引八一處 號曰瑯環洞 宮闕嵯峨 中有書滿架 神人曰 此歷代史也 萬國誌也 三墳九

丘 皆挿其內 唯一室封鎖甚嚴 三犬守之 神人日 此則王京紫微金眞七瑛丹書 紫字諸秘籍 指其犬日 此龍也 華欲賃住數十日求見曾未見之書 神人笑日 君癡矣 此豈可賃地耶 因

p.30

送華出洞 洞卽合無縫隱 神人謂華日 君生於亂世 若隱遁山林則不久當上天曹 不然則 三百年後 相見於群玉府矣 至是 修文郎薦之日 臣曾導張華 指示天書 自其劒化 招之梯仙國 已三百年于玆矣 其爲人敏捷 博通群玉書籍 可使典守 帝允之 盖華之前所遇神人 卽修文郎也 地府啓日 唐主紹位 已將四十載 天下之人安堵奠枕 亦已久矣 據期運推遷之數 天下合有罹亂之會且隆基壽命之數 雖未足 君人之數 亦已滿 其亂國革位者 安祿山以後數人也 臨當擧行 敢此申稟 帝日 祿山等僭爲僞主 無罪黎元 廣被塗炭 予甚惻然 祿山等行事之時 須速止之 毋令殺人過多 以傷予和氣也 且降基當爲仙官 毋致害命可也 此等曲折出於不淂已而爲之者 汝地府前期 令世人知之 於

p.31

是 地府檄召李林甫之奴蒼璧者 立於庭 命朱衣吏 將安祿山僭亂之事 奉案宣讀 一一聽知而送之 故蒼璧出告于林甫焉 楊貴妃之淫亂也 帝遣使宣勑文于貴妃日 勑謫仙子楊氏 爾居玉闕之時 常多傲慢 謫塵寰之後 轉恣驕矜 以聲色惑人君 以寵愛庇族屬 比當限滿 合議復歸 其如罪更愈深 法不可貸 宜死人世

專玆喩知云 時 貴妃晝寢 見簾外有雲氣氤氳 帝使化作白鳳 啣書而立 驚起而拜 焚香受其書 藏於玉匣 自知其當死焉 初 貴妃之謫下也 帝以玉環 穿其左臂 環上以八分書其名太眞 而遣之故世人名之曰太眞 又曰玉環 及避祿山之亂也 其侍女紅桃 晨興理粧 渠王環墜地而碎 帝所識之也 貴妃聞長安人鄭文家 有一女生而能言 及年七歲 善於方響 其親屬皆呼爲方響女 貴妃欲召爲侍女 其女曰 楊太眞

p.32

昔在上淸時 與我同輩 今何敢忽我欲呼來耶 當與太眞會於上淸 有日遂飛去 至馬嵬 縊死之後 帝曰太眞之死於人世 其罪也然曾是玉闕之侍女也 不可置之下界 姑令歸在於蓬萊宮 未久帝聞玄宗苦憶太眞 召道士玉丹詔曰 唐隆基鍾情於太眞 至今思想不已 亦可矜也 隆基上來之限 尙有數年之限 其前不可不慰其心 汝率太眞以見隆基也 玉丹卽請太眞降來唐宮 與玄宗相會 敍其離懷 涙下如雨 脫其玉環 納玄宗之臂曰 見此思妾遂去 帝召楚州尼眞如 送八寶于肅宗 肅宗初卽位 安史之亂尙熾 帝謂諸天眞人曰 下界魚肉腥穢發聞 何以救之 眞人等曰 莫若以神寶鎭之 宜用第三寶 一眞人曰 今厲氣方盛 穢毒凝固 第三寶不足以勝之 須以第二寶 則兵可熄塵可淸也 帝曰然 遂召眞如於化城 賜之坐 出其第二寶 第二寶者 乃八箇寶也 一曰如意珠

p.33

其形政圓 光色瑩澈 二曰紅靺鞨 赤爛如朱櫻 三曰琅玕珠 經可五六寸 四曰玉印 大如半手 五曰皇后採桑鉤三枚 狀如熟銅 六曰雷公石二枚 膩如靑玉 七曰玄黃天符 上圓下方 八曰玉鷄珠毛文悉備 乃封賜眞如 且敎以所用之法曰 汝往令刺史崔侁 進達於新君 眞如受來 告于崔侁 同詣靈武 獻於肅宗 肅宗召代宗曰 汝以楚王爲皇太子 今上帝賜寶 獲於楚州 天許汝也 宜寶愛之 代宗再拜而受 封眞如爲寶和大師 昇楚州爲上州 事見綱目先是 地府奏進第六朝唐主復位 及佐命大臣文簿 帝覽其文簿曰 可惜 世民 效力甚若 方得天下 到今日始大亂 雖嗣主復位終亦必亡於藩鎭而已 至德宗朝 帝召廣桑山仙伯孔仲尼 問曰韓滉是汝弟子仲由否 仲尼

p.34

對曰然 帝曰 聞韓滉潛畜不軌之志 他不足言也 豈意汝弟子亦然耶 汝可止之 仲尼曰唯 退而爲書於韓滉 其書曰 子路開拆宜小心守臣節云 滉終自戢其謀者 帝使仲尼禁之也 帝召顔眞卿 李白 李泌 眞卿忠義貫日 赤心報國 祿山之亂也 守孤城拒大敵 其使於李希烈也 抗大節不小屈 竟爲希烈所殺 而曾餌靈丹賂希烈監刑者 得縊頸而不害其軀 帝所黙護也 李白本長庚也帝召使草誥 白嗜酒大醉 不卽赴召 帝怒黜於下界 白思戀帝所至形諸詩曰 天上白玉京 十二樓五城 仙人撫我頂 結髮授長生帝雖聞之 而其性放浪 日傾三百之杯 自稱酒中之仙 三十餘年

藏名於酒肆 故帝姑置之 及白汎舟於采石江 帝賜長鯨 使之騎遊於水國焉 李泌 帝初爲唐肅宗輔弼而遣之者也 渠年十五時徑欲上來 帝還留之 泌雖佐肅宗

p.35

而辟穀不食 惟啖燒梨 故肅宗嘗與諸王咏泌曰 先生年七十 顔色似童兒 不食千鍾祿 惟餐兩顆梨 又曰 天生此間氣 助我化無爲 盖肅宗亦知其爲仙也 天下旣定 藏修於衡岳有年 至是 帝並召之於梯仙國也 帝黜李林甫盧杞 林甫少有仙才 帝使田道士導之 則林甫却貪宰相之位 不從道士之勸遞秉衡軸 屢起大獄忠良者斥之 邪佞者進之 而侵漁屠戮 罔有紀極 鍾漏旣盡之後反欲因緣於方士 請入於仙府 帝大怒 限六百年竄之 盧杞之窮居東都也 太陰夫人誤聞其名 求爲匹偶 使麻婆乘以葫蘆 引至於水晶宮 帝以朱衣使宣問曰 汝爲天仙 爲地仙 抑爲人間宰相乎 杞不應 太陰夫人大懼 急取鮫綃五匹 賂使者稽緩 少頃 使者又問 杞須速決 杞大呼曰 願爲宰相 太陰夫人失色曰 此麻婆之過也 卽

p.36

令領回矣 杞爲宰相 稔姦逞兇 爲鬼爲蜮 而竊餌丹石之藥 陰圖屍解之術 帝並與前罪而大怒 限二千年竄之 地府啓曰 有一女姓崔氏者 呈狀于本府曰 妾本良家女也 居在長安西川節度使嚴武 少時誘至其宅 匿而肝之 妾父訴於萬年縣 捕賊官窮捕嚴武

嚴武乃以酒勸妾 俟醉而縊殺之 沉諸江中 夫當初失行者 妾之罪也 然爲嚴武者 若懼其不免 則宜放棄於他所 而及反潛縊 殘酷劇矣 願報此讐 少洩深寃云 又有一人稱李尉者 呈狀曰 臣有少妻 頗有容色 釰南節度使張弘正 圖奪臣妻 誣臣以贓 奏杖六十 流之嶺表 臣竟寃死於中路 夫殺人者死 天經也 況以兇謀誣殺者乎 願亟許償命云 據此兩人之狀 實爲窮天之痛 請嚴武張弘正捕問正罪 何如 帝曰 福善禍淫 天道之常 雖細人賤訴 不

p.37

可不明斷之 並依啓施行 羅公遠上謁 帝曰 爾近歸何處乎 公遠對曰 臣職在閑散 別無所管 故一向雲遊於人間 爲唐主李隆基所邀 入其宮內 則隆基欲學隱形之術 臣曰 君以真人降化 保國安人 誠宜習唐虞之無爲 繼文景之儉約 却寶釰而不御 棄名馬而不乘 豈可以萬乘之尊 四海之富 宗廟之重 杜稷之大 而輕循小術 爲戲玩之事乎 必欲學之 未免懷璽入人家 困於魚服矣 隆基怒而罵之 遂走入殿柱中 數隆基之過 隆基愈怒 易柱而破之 復八玉碣中 又易碣破之 爲數十片 臣從其數十片 悉現形焉 隆基方謝之 臣知安禄山将亂 寄贈蜀 當歸於隆基 因遁出潼關 愛青城山之幽僻 樂而忘返 今承帝命 不敢退伏 謹來祗拜耳 帝曰 隆基初見汝 便知汝爲仙官乎 公遠對曰 隆基與術士張果 葉静等 相對圍碁 張果等見臣目笑 指謂村童 握棊子十

p.38

枚 問臣日 此有何物 臣日 空手 及開手 果無一枚 而盡在於臣處 隆基始駭異之 令臣齒坐於張果之列焉 帝大笑 遂補公遠職直宿天宮 公遠謝恩退 帝聞唐憲宗懇求仙方 乃遣青衣使者 送金龜印 青衣使 持其印 降來海島 適唐之給事中張惟 則册封新羅國王 回泊海島 青衣使以帝命付送其印于憲宗 印長五寸廣一寸八分 其篆日 鳳芝龍木 受命無疆 憲宗初不解其意 緘以紫泥玉鏁 置於帳內 未一月 果於寢殿前連理樹上 生靈芝二株 宛如龍鳳 憲宗始悟印文日 此鳳芝龍木也 取而餌之 帝又遣仙官玄解遺以三藥草 一日雙麟芝 二日六合葵 三日萬根藤所爲雙麟芝 一莖兩穗 色褐而形如麟 六合葵 六莖合爲一株 花如桃花萬根藤 下本而生萬根 狀頹芎藥 憲宗奉而食之 且知帝眷顧 齋心養性

p.39

十分謹愼 帝卽召置於梯仙國 呂洞賓薦白樂天日 香山居士白樂天 胸無塵累 品有仙分 早有頓悟之性 便謝喧濁之世 開閤其嬖妾 結廬於香山 名雖參於佛祖 志實在於神仙 方其仕也 自述於詩日 身兼猿鶴都三口 家托烟波作四隣 其恬澹氣象 盖已雅矣 淸致於梯仙國 使之加修 幸甚 帝許之 洞賓且日 有韓愈者曾在白雲之鄕 騎龍上下 手抉雲漢而分天章者也 適以徵過 久墮慾界 文起八代之衰 道濟天下之溺 而命與仇謀 動輒得咎 彼鰐魚冥頑不靈 而亦知爲仚官 畏而避之 皇甫博 李逢吉之輩 昧

昧無識 日以詆斥爲務 曾鰐魚之不若也 愈之顚頓於塵間已極 請還召之 帝曰 予亦思之久矣 卽遣巫陽迎致焉 有人詠以詩曰 鈞天無人帝悲傷 謳吟下詔遣巫陽 盖

p.40

其知者也 迨黃巢之作逆也 有司稟其驅除之策 帝曰 世人元氣 旣衰 則諸病俱生 以至於死焉 國猶人也 治運旣盡 則亂賊橫起 以至於亾 理也 今唐垂滅黃巢 安得不爲病以促其死乎 然巢之 殺戮 慘不忍言 不可不誅之 今於金州山谷窟中 有一妖神 身着 黃衣而坐 此巢之本身也 可先令金州刺史 鑿其窟 殄滅黃衣之 神 則巢自然敗死於黃林之野 黃林者 未必不爲巢死之讖也 果 數月 有一術士 誘金州刺史 鑿其窟 有神黃衣而坐 儼然人也 以刃擊之 化爲烟氣而散 其術士亦不知所去 而巢竟死於黃林 帝之不動聲色而裁處之 嚴矣哉 時至仲秋 月色如氷 帝登月殿 遊 觀宴群臣於白玉樓 有太乙眞人 玉虛殿尊師 浮丘子 廣成子 河上公 抱朴子 得陽子 東王公 赤松子 老聃 孔仲尼 嚴君

p.41

平 魏子騫 東方朔 劉綱子 晋左慈 韓衆 馬鳴生 安期生 張騫 葛弘 主父 壺公 王喬 偓佺 王方平 羅公遠等 依次而坐 有王母 麻姑 恒娥 織女 上元夫人 太陰夫人 太姥夫人 小孤夫人 北斗 七夫人 后土夫人 東岳夫人 南溟夫人 許飛瓊 宋道華 雲英 弄 玉 董雙成 樊夫人等 從品而陪 開六甲天廚 設鈞天廣樂 諸眞以

次獻壽起舞 其曲曰 帝高拱兮紫徵宮 六合淨兮九重閑 趂良辰兮聘淸賞 十二樓兮玉欄干 瑶空澹兮露華淸 白榆踈兮丹桂寒 飄雲衣兮曳霞裳 集群仙兮列眞官 斟玉盃兮銀漢水 核瓊羞兮逢萊山 祥風吹兮回舞袖 明月白兮照靈班 帝萬期兮爲須臾 桑田變兮滄海乾 願年年兮樂宸遊 後天地兮留朱顔

p.42

許飛瓊別奏步虛詞 其詞曰 月何爲兮皎皎 風何爲泠泠 帝登臨兮樓玉樓 淡無塵兮明庭 令屛翳兮掃浮雲 命望舒兮駐靑冥 千載兮一時罄 天樂兮宴仙靈 碧桃開兮千春 丹鳳舞兮雙翎 天顔和兮悅豫 援北斗兮酌東溟 傾天上兮一盃 落人間兮幾蓂 地不荒兮天不老 陪玉筵兮億萬齡 帝命老聃曰 汝其歌之 老聃跪而歌曰 和光兮同塵 混浮世兮幾年 人中龍兮行藏 柱下史兮蹄筌 乘靑牛兮出關 紫氣射兮爛然 著玄旨兮一篇 道德言兮五千 脫塵寰兮蟬蛻 倏西登兮崑巓 迴浮黎兮東極 承帝恩兮昇仙 跨飇輪兮駕玉駟 無極翁兮相後先 今夕兮何夕 陪玉座兮鈞天 左金母兮右

p.43

木公 共酬酢兮觥船 億萬載兮歌帝德 永逍遙兮飛雲煙 老聃歌罷 帝命孔丘曰 汝亦歌乎 仲尼再拜而歌曰 荷誕命兮上帝 負經濟之丕責 冀一時兮時月 拯四海之墊溺 曾栖栖兮齊楚 幾問津於接淅 爰袞褒兮鉞誅 著麟經於筆削 炳性理兮明道 揭日月於

後學 歌曳杖兮一夕 幸余昇於紫極 廣桑山兮靈境 恩至隆於仙伯 佣明月兮爲璫 白霓裳其爗爗 飯霞漿兮玉殿 忝雲裾於瓊席 酒無量兮何辭 政瑤宇兮月白 仲尼旣歌 王毋令雙成彈雲璈 弄玉調鳳簫 躬奉酒於帝而歌曰 迴石室兮崑崙 生鳥瓜兮千春 承玉詔兮覲天 凌太淸兮翩翩 帝萬歲兮綠髮 雙瞳照兮日月 廣開兮天門 洞萬里兮乾坤 乘淸節兮一遊

p.44

澹明月兮瓊樓 仙之羣兮如雲 白鳳駕兮繽紛 舞素娥兮飄飄 吹參差兮玉簫 劈麟脯兮爲羞 折桂花兮爲籌 夜未央兮月殿 蓬萊水兮淸淺 蹇淸歡兮未了 恐天鷄兮報曉 高會方酣 震方啓曙 帝罷酌還宮 翌日 帝命香孩兒爲宋主 先是 五季搶攘 天下風雨帝命兩日相藶 以兆眞命之興 無何華山道士陣摶 來請帝命 帝不許曰 已付於香孩兒矣 若香孩兒未及周旋 汝其爲之 至是 地府錄香孩歷年之數 及佐命功臣之案 稟定於帝 帝曰 歷年則三百 但中多離亂 其數然也 陳摶在山中 自念帝旣敕我曰 香孩兒未及周旋 汝其爲之 我第下山 以覘香孩之勢也 遂騎驢而來 聞香孩已得位 大驚墮驢而歸 帝聞而笑之 司命君奏曰 宋君無子仰天祈禱 其情

p.45

極懇 當不應其請否 時帝庭有一眞官 號赤脚仙 常喜袒左臂露右脚 帝召曰 汝可下爲宋君之嗣 赤脚仙卽辭陛 帝曰 汝爲君也

時乘閑暇 八遊仙府 不忘日後歸路焉 赤脚仙稽首而去 是爲眞宗 眞宗自少毎袒其左臂露其右脚 依舊習也 祥符中 眞宗謂宰臣曰 治平無事久 欲與卿等 一處閑玩 遂引羣公 入殿後假山之洞 洞路初甚暗 旣數十步 則天宇豁開 千峯百嶂 流水杳然 異草奇花 濃香郁然 眞天下之偉觀也 有重樓複閣 金碧照耀 一道士貌甚奇古者 出揖眞宗 執禮甚恭 眞宗答揖亦敬 相與坐 論丹經玄妙之旨 而牢醴之屬 非人間所見也 鸞鶴舞庭除 簫笙振林石 至夕乃罷 道士送眞宗 出門而別曰 萬機之餘 毋惜與諸公頻見過也 眞宗復由舊路而還 羣宰

p.46

臣請問之 眞宗曰 此道家所謂蓬萊山 上帝爲寡人而移設者也 盖帝遣赤脚仙 恐爲塵慮所誤 特令一仙官 就其宮 開一洞府 而常邀之遊也 未幾 有一仙僧善棊者 謁於帝曰 宋之天下 合爲臣有 抑其數也 敢禀帝旨 帝曰 雖云有數 而香孩之運 亦未遽絕 汝本棊者 當與宋君對着 汝若輸焉 則勿爲奪計也 其僧遂招宋君 開棊於月宮 賭其天下 一着而勝之 樂樂推局而起曰 天下已定矣 宋君是徽宗也 失魄怏怏而返 帝聞之曰 惜乎香孩之業 從此遂苟保一隅 而終至於不振 是誰辜哉 帝召邵雍 雍少有奇志 常守道心 自龍馬負圖以後 不知其幾千年 而河圖洛數 人所不能盡解者 雍不學而黙契之 盖神人也 有贊之者曰 手探月窟 足躡大根 駕風鞭霆 歷覽九土 此可謂能知雍者也 嘗

p.47

處一窩 號曰安樂 風雨寒暑 未嘗一出 其頤神養精 自然合道 而不遠於仙矣 至是 帝召之 帝又召蘇軾 初帝命五戒禪師曰 汝一靈未泯 宜受後身於人世也 五戒受命 直投眉州眉山之下 乃軾生也 七歲能讀書 一視五行 十歲盡通五經子史 十六歲策制科成名 御筆卽除翰林學士 翌年陞端明殿太學士 其謫黃州也 帝遣玄鶴道士 慰之於赤壁 軾船遊曰 飄飄乎如遺世獨立 羽化而登仙 又寓感洞簫曰 挾飛仙而遨遊 其思慕仙遊 如是 故帝乃召之 配爲大羅天仙 主奎壁府 扶搖子啓曰 臣曾往來華山 路經人間 聞宋朝君臣 常竚天書 而天書屢降 其得天書者 自謂帝眷在己 作爲誇侈 未敢知其書果是帝所降者歟 帝曰 所謂天書者 從何處來耶 豈傳之者 鬼耶人耶 扶搖子曰 書自空中飛墮云矣 帝

p.48

曰 我豈爲書於下界者耶 必有可書之事 則亦當以使者遣之 安有擲下之理乎 是必妖術之人 矯作而欺之也 欺人可惡 況欺天乎 勑左右 搜索造書者 以杜其弊也 忽見一箋呈上帝前 乃道士林靈素上言也 其言曰 臣林靈素 誠惶誠恐 頓首頓首 謹齋沐上言于玉皇帝香案下 臣伏見宋道君趙某 盡誠慕仙 專意求道其曉夕 焚香禮拜於玉淸霄應宮 已爲勤矣 又爲壽山艮岳曰 飛來峯 曰朝日 曰昇龍 曰望雲 曰吐月 曰捫參 曰巢鳳 曰壽星曰瑞靄 曰須彌 曰朝眞 壑曰 栖烟嚲雲 曰風門雷穴 務爲奇絕形勝者 冀上眞之一玩也 就其山中 築起華構曰 瓊津殿 曰絳霄樓

曰華陽宮 曰寶春堂 曰綠萼華堂 務爲瀟灑明豁者 冀上眞之一栖也 爲飛瀑淸泉 長洲曲渚 激湍澄潭 種素梅 丹杏 紅蘭 碧

p.49

桃 斑竹 老松 此無非欲娛悅仙靈 而日矯首引領於鸞驂鶴馭之降臨 甚可嘉矣 志向旣耽於淸素 才藝且妙於書畵 歷考前代 無如道君 伏望聖帝特回日鑒 昭察其實 卽命有司 收錄名字於淸籍 幸甚 帝覽訖曰 宋道君者本 非道骨而妄生非分 勞民之力而逞己之慾 所謂艮岳 是築怨者也 且以其造山岳 起宮室 設水石栽花樹 而輒命而許焉 則世之爲民主者 將殘民於土木之役 是自我啓之也 道君之爲此虛妄者 未必非靈素導之 而乃敢羅列上陳 極爲濫矣 遂命於仙籍中 削去林靈素 昭其罪也地 府啓曰有名郭紹者 呈狀曰 臣乃唐開元時人也 微少也 嘗夜讀于燈下有犬突入 覆燈油 汚於書 臣怒甚 適有剪刀在傍 取而刺之 刀一股折 復以其一股重刺 而斃其犬 其犬後身化爲人 卽名李邈者也 臣仕於朝 玄

p.50

宗講武於驪山也 臣攝禮部尙書 玄宗援桴擊鼓時 未三合 而兵部尙書郭元振 遽令紹奏畢 玄宗赫怒 拽元振 坐於纛下 將斬之中書令張說跪奏於馬前曰 元振有保護社稷大功 合赦殊死之罪 遂釋之 代元振而斬紹 斬紹之時 行戮者 乃李邈也 邈執刀擧之而刀折 再擧他刀而就絕焉 夫死生之報 固猶影響 而至於刀

折 亦無異 此寔余殺犬之故也 然臣之殺犬 非無故殺之 覆燈汚書 乃犬之罪也 且犬是畜物也 臣是主人也 殺一畜物 似非大罪而旣受其報之後 至令四百餘年 尙墮於鬼簿 天下之寃也 願申雪此寃 得返人世云云 據此所訴 誠爲寃憫 謹具仰禀 帝曰 郭紹幼而通悟 能知前生事 其禀固異於凡類者也 況久被寃抑 實爲憐惻 宜使受生爲善人 顯名於陽界 然後俾得回天曺也

p.51

帝遣康王以繼宋祚 政和之末 金虜南侵 擒徽虜欽 北驅而去 衣冠文物 盡陷鋒鏑 月宮輸碁之驗 到此始應 而政符帝中多離亂之敎也 康王同徽欽北去 乘夜逃回 困睡於古廟之側 帝暗令廟神給馬催送 康王夢裏 有神人喚起曰 速乘馬疾馳 康王驚起 果見一駿馬 具鞍轡在前 卽乘之而走 胡兵追至 知康王已遠 却回而去 是日康王馳過百餘里 馬忽顚仆 視之泥馬也 乃其廟內所造立者也 康王大恠異 亦暗知帝之陰隲而自負焉 遂歸於天目山下 卽南宋也 然帝之保遣康王者 盖欲其恢復中原也 而反偸安自便 帝頗惡之 時有康與之者 以詩章擅名於南朝 適過宦官左瑺豪 見徽宗所畵扇 繪事卓絕 盖高宗藏於睿思殿 常自持玩者 左瑺携至于其家也 康與之伺瑺入內 泚筆而書一絕於扇面曰 玉輦

p.52

宸遊事已空 尙餘奎藻繪春風 年年花鳥無窮恨 盡在蒼梧夕照

中 在瑙無可奈何 只得具白于高宗 高宗取而見之 歛威收怒 不覺失聲大慟而已 其後康與之過南嶽廟 醉侮岳神日 岳神將欲喫犬羊之羶肉酪漿耶 胡不助我宋伐金虜也 如此岳神 享之何益 岳神大怒 上訴于帝 欲害康與之 帝日 予曾聞與之扇面題詩以激其君羹墻之念 窃嘉其忠憤矣 今之侮汝者 亦忠憤所發也 忠憤之人 汝何必畜怨耶 岳神慚而退 因見夢於與之而謝之 地府啓日 有岳飛者 宋之忠臣也 慷慨欲討讐虜 嘗作滿江紅詞 其詞日 怒髮衝冠 凭欄處 蕭雨歇 擡望眼 仰天長嘯 壯懷激裂 三十功名塵與土 八千里路雲和月 莫等閑 白首少年頭 空悲切 靖

p.53

康恥 猶未雪 臣子恨 何時滅 駕長車 踏破賀蘭山缺 壯志飢飡胡虜肉 笑談渴飮匈奴血 待從頭 收拾舊山河 朝天闕 其爲國之誠復讎之志 據此詞可見也 及擧義兵 長驅北伐 恢復之期 指日可待 而不幸爲秦檜所嫉 以莫須有三字 羅織而殺之 岳飛今方訟寃於地府 故已拿致秦檜矣 秦檜以何律加之乎 帝日 是豈獨檜之罪也 徽欽舊君 康王新立者也 舊君若返 則新立者反爲臣耶 然則 舊君者 抑康王之所不欲返者也 岳飛成功 則舊君當返 此秦檜之甘心於殺飛者 豈非康王之意耶 原情定罪 則康王宜蒙首罰 康王之壽 先減一紀 然後以地府極毒之刑 刑秦檜 其岳飛封爲西湖伯 帝召朱熹 初帝謂諸眞官日 天命之謂性 率性之謂道 修道之謂教 夫仁義禮智之性

p.54

子旣賦之於人 而自孔丘以後 更無人率而修之 以致正學榛塞 雖程頤兄弟 首起唱明 而猶未能大成 今宜以率性修敎爲己任 指南於天下之人 以繼絕開來 可也 眞班中一人起而膺命 投新安而來 是爲熹也 開發六經之旨 昭揭四書之義 作標準於學者 以接夫孔氏之傳 而其一心 常不忘舊遊之所 至發於感興之詩 其門人有問仙道曰 神仙果有於天下乎 熹曰 仙豈無哉 但世人不見耳 門人曰 然則 仙可學乎 曰 其術甚易 爲之不難 只恐世人爭奔走而迷惑 故余不顯言耳 其問荅詳在朱子語類中 盖熹本眞官 故能自知而自行之也 帝以眞官位闕 還召之 帝又召前王華侍郎方朝散 朝散冀州人也 自少能爲文 而性好酒不檢 時河北大疫 死者如亂麻 朝散書所淂藥方 揭於通衢 病者依方治之 卽愈 所活者 不可勝計 夢有人告曰 子陰德上通于天 帝

p.55

嘉闕功 當以仙班相召 朝散素落魄 且自恃將爲天人 益放誕 竟以狂醉墮井死 久之 乃以前功 得召見於白玉樓 而有四人同召 當試文一首 帝自書大道無爲賦爲題 朝散有警句曰 帝鑿竅而喪魄 蛇畵足而失栝 帝覽之大喜 握居第一 拜修文郎 繼有玉華侍郎之命 同僚十八人 皆上淸仙伯也 每侍帝左右 帝嘗曉幸紫華宮 宮人不知輦至 或晩起 盡眉未盡 而忙出迎謁者 帝顧之笑命諸侍郎賦詩 朝散卒句曰 曉粧不覺星輿至 只畵人間一壁眉 帝吟諷激賞 朝散卒以恃才怙寵 爲衆所嫉 左遷群玉外監 當陛

辭 帝曰 群玉殿是吾圖書之府 非卿文學出倫 未易居此 自是接見稍踈 一日 帝與諸近侍 遊瑤圃 思朝散之才 遣使來召 朝散辭以疾 獨與侍女宋道華 汎舟池上 執手眷眷 有人間夫婦之態

p.56

爲使者所劾 帝俱黜之 道華生於蜀 而朝散乃爲閩人 旣登第爲郡武判官之日 帝欲召之 有不相悅者 奏云 邵武分野 災氣方重 須此人仙骨鎭之 帝召曰 若然則 更一紀後 復故職 有莫眞君者代朝散爲侍郎 而與朝散爲莫逆交者也 私遣王華下人 報於朝散曰 宋道華已得還宮 而惟先生以人有不悅者 至今滯在人間 殊可慨嘆 然相奉有日 願自愛謹愼 至是 帝以玉華侍郎召之 旌節滿空 前遮後擁而上昇焉 帝召蔡少霞 書新宮銘 初 帝以群仙朝天之際 無會集之所 乃命造新宮於蒼龍溪 令紫陽眞人撰其銘 銘旣成 無可書者 近臣曰 陳留人蔡少霞 擧孝廉 有心行 曾爲泗水丞 棄職謝世 方隱於龜蒙山側 此人書法甚楷正 可命書之 帝曰可 當日 蔡少霞獨坐其室 有褐衣鹿幘者 來宣帝

p.57

詔 少霞隨之而去 但覺雲氣冉冉於脚下 至一瓊宮 碧天虛曠 瑞日曈曨 有新磨白玉碑 一朱衣眞人 自其宮持銘而出 付少霞書之 少霞以不工書辭之 朱衣曰 帝命也不可辞 少霞卽搦管 頃刻而畢 其銘曰 良常西麓 源澤東泄 新宮宏宏 崇軒轟鬳 轟鬳雕珉盤礎 鏤檀楝臬 碧瓦鱗差 瑤階肪截 閤凝瑞霞 樓橫祥霓

騶虞巡徼 昌明捧闑 珠樹規連 玉泉矩洩 靈飈遐集 聖日俯晰 太上遊詣 無極便闕 百神守護 諸眞班列 仙翁鵠立 道師氷潔 飮玉成漿 饌瓊爲屑 桂旗不動 蘭幄互設 妙樂競奏 流鈴間發 天籟虛徐 風蕭泠澈 鳳歌諧律 鶴舞會節 三變玄雲 九成絳雪 易遷徒語 童初詎說云云

p.58

少霞旣書 帝曰 少霞初來無職 可付姑除爲新宮守仙 有司奏曰 鐵木眞忽弼烈合爲中國主 帝曰 夷狄而主中國 非余本意也 但今天地政屬百六會 不有忽弼烈 無以興眞人於百年之後 姑付之於眞人未興之前也 亦宜 元順之時 淸德殿崩塌而地陷一穴 穴中有石碣 刻之曰 日月蒼蒼 黎庶災殃 若要安定 除非改元云者 帝已示其華元之意 而元君不知 以爲改其年號也 乃改元統爲至正 信可笑也 元順之夢 有一朱衣人 起於正南 左肩架日 右肩架月 手執掃箒 入宮而掃蜂蟻者 帝已示其眞人之出 而淨天下之亂也 且帝命示災變 鷄化爲犬 羊變爲牛 雨白毛隕流星 銅鐵自鳴而地震 百餘日 帝之厭元 醜而譴之也 深矣 帝命大明太祖有天下 太祖微時 似夢非夢 有紫衣羽士 以絳衣來授

p.59

太祖 太祖揭而視之 五彩照爛 問此何物 羽士曰 此眞人服也 太祖便着之 傍有一道士 又授一釰 使佩而行 此乃帝之遣使而賜之也 其起兵也 帝又遣鐵冠仙人張景和 常保導之 遞定鼎金

陵也 凡諸營建 鐵冠皆相之 事畢 自投大中橋水 太祖以爲死也 求其屍不得 潼關吏奏曰 某月某日 鐵冠仙人杖策出關 計其日 政是投水之日也 盖鐵冠初以帝命來佐 故還復命而歸也 且劉伯溫 幼在青田縣 常遊縣南高山 忽山崖豁開二小門 伯溫趨入其門 日色明朗 有石室方丈 壁上見七大字曰 此石爲劉基所破 伯溫喜曰 此乃上帝令吾到此也 遂以巨石搥之 應手而裂 浔一石函 中有古兵書四卷 卽懷之而出 纔出 壁卽合矣 此則 帝以劉基爲太祖帷幄運籌 而遺其兵書者

p.60

也 由是觀之 大明萬世基業 帝眷之益無窮也 帝命雷公 救花雲子花煒及花雲妾孫氏 初 花雲爲太祖守太平城 陳友諒兵猝至 花雲力戰就擒 罵不絕而死 其妻郜氏聞雲被擒 乃抱其三歲兒花煒 拜辞家廟 謂家人曰 吾夫忠義之臣 必死賊手 夫死 我豈生爲 花氏只此一兒 汝等善視之 勿絕其嗣 言畢 赴水而死 其妾孫氏大哭 經抱其兒逃亂而去 竟被友諒部下王元者所擄 元見孫氏色美 欲强納之 孫氏意不從 自度不從 則此兒亦偕遇害 乃許之 陰圖保養其子 王元挈孫氏 回江州本家 此兒晝夜哭泣不止 王元妻李氏甚惡之 意欲潛害 孫氏泣告曰 萬望夫人憐憫 幸勿見殺 待妾自棄於他方 李氏從之 孫氏乃抱煒 至江濱 方欲共投江而死 適有

p.61

漁翁 止問其故 孫氏具告以情 漁翁嗟歎不已 乃日 若與老拙則當爲盡心保養 遂引至其家 孫氏以首餙與漁翁 權爲養兒之資 丁寧再四 洒淚而別 乃回王元家 至明年 太祖伐友諒 友諒勢窮 棄江州而奔于武昌 王元亦隨而去 留妻及孫氏在家 孫氏知太祖駐兵江州 乃往漁翁家 索其兒以獻太祖 不意漁翁無子 愛其兒聰秀 不肯還之 孫氏歸家 號哭七晝夜 復往漁翁家 適漁翁捕魚江上 其妻送飯 反鎖兒於家中 孫氏撬開其鎖 竊負而逃 此時 太祖已離江州 孫氏恐漁翁來尋 向夜宿於江渚沙中 翌日 賃舟渡江 又遇友諒敗軍 爭船以渡 孫氏及兒 推落水中 雖在水中孫氏緊抱此兒不捨 方出沒波間 忽見水面斷木流至 遂攀木而上 漂入蓮渚中 時政冬月 而蓮子尙盛 孫氏摘蓮子以哺兒 凡

p.62

在蓮渚坐水上 七日不死 孫氏夜半禱天日 妾夫花雲死于忠 主毋郜氏死于節 妾孫氏哺養此兒 以續花氏之宗嗣 望天地神靈俯垂救護 帝聞之急召雷公日 汝可救出孫氏及花煒 俾不滅忠臣烈女之嗣也 雷公承命 卽來江中 孫氏聞有人聲 連聲求救 只見老翁駕一小舟 至前 引孫氏上船 孫氏拜問老丈姓名 老者日吾乃雷翁也 孫氏復泣告流淚 雷翁日 旣爾是忠臣之妾 忠臣之子也 上帝旣已憐之 我何不救哉 遂引孫氏 登岸前行 天色方明已至金陵 自江州距金陵 凡幾日程 而雷公不移時卽抵 太祖聞孫氏抱花煒而來 接花煒坐于膝上 孫氏泣訴避亂前情 及雷翁

救來之事 太祖潸然下淚 取金帛欲賞雷翁 雷翁曰 臣不受物 乃口占二句曰 臣是雷公之弟 神能通天徹地

p.63

怒追不孝不仁 喜救有忠有義 言畢 回步下殿 不知所在 此帝感花雲之死忠 郚氏之死節 孫氏之至誠 而救之者也 當時有識者曰 江中無常流之木 自古無冬實之蓮 孫氏與兒所附之木 神木也 所啖之蓮 神蓮也 所遇之老父 神人也 盖花雲爲國而死 郚氏爲夫而亡 是固上帝之所與 而不忍使之無後者也 孫氏受主母之托 流離困踣 濱九死以全其孤 是亦上帝之所與 而不忍死之者也 然則 孫氏與煒爲雷公所濟 而得以不隕其生者 上帝之恩也 帝竄西華山妖道士 永樂中 太宗嘗宴坐 見雲際一物飛下 乃羽衣黃冠士也 鶴駕翩翩 駐於欄楯外 太宗問何人 答曰 吾乃上帝侍臣也 帝以明年春 建白玉殿 遣臣來索紫金梁一枝 其長二丈 某月某日 來取 言訖杳然西方而逝 太宗召問群臣 皆言 此上帝之所遣也 明

p.64

矣 安有人而能鶴游空駐者 侍郎夏原吉獨不信之 太宗狐疑未決 居數日 又見羽士乘鶴而降曰 梁不爲鑄 以我爲誑乎 上帝震怒 將遣雷神 薄示小警 太宗深謝未遑 又翻然而沒 已而 雷擊謹身殿 太宗大懼 亟命工範金爲梁 而內庫黃金不足 乃令天下里甲 各出五錢 凡半年金集 而梁始成二丈 而夏原吉終不以爲然

太宗笑曰 卿儒者 泥常之見耳 兩度鶴降 豈誣罔耶 遂以梁表奏天曺 復見羽士乘鶴至 太宗曰 梁當與之 何以携去 荅曰 不難 叱二鶴啣之 輕如一羽 凌雲而上 原吉又以爲妄 太宗密使人察之 則西華山下 有人售黃金者 其直甚賤 使者隨其人至山 則其人躍昇三峯 如履平地 使者不能及 僅攀援以陟見 六七道士 方共斷金梁 見人卽起 沃以狗血而不中 皆飛昇而去 但持其半梁而還 帝

p.65

聞之 大怒曰 何等妖術者 敢矯詔乃爾耶 設予建殿 當有神工自然化成 豈借於人間耶 如此妖術者 若不懲罪 踵之者必多 乃索其道士 永竄之 帝召女書仙曹文姬 姬生纔四歲 好文字戲 每一卷能通大義 人疑其夙習也 及笄又工於翰墨 自牋素外 至於羅綺窓戶 可書之處 必書之 日數千字 筆劃神妙 聲各籍甚 而姿容又絕倫 豪貴之士 輸金玉 願爲偶者不一 姬曰 欲偶者 請先投詩 我當自擇 凡長篇短句 艶詞麗語 雲委山積 而姬皆不顧 有泯江人 任生者詩曰 玉皇殿上掌書仙 一點塵心謫九天 莫怪濃香薰膩骨 霞衣曾惹御爐烟 姬得詩見之曰 此眞吾夫也 不然 何以知吾行事耶 遂爲夫 至三月晦日 姬題詩曰 仙家無夏亦無秋 紅日淸風滿翠樓 况有碧霄歸路穩 可能同駕五雲遊 因謂

p.66

任曰 吾本上帝司書仙人 以情愛謫塵寰二紀 今已限滿 將有召

命 君可偕行乎 天上之樂 勝人間萬倍 幸毋疑焉 俄有仙樂飄空
異香滿室 見朱衣使者 持玉版朱書篆文來 宣帝命 姬易衣拜命
挈任同昇 洪熙中 帝又召福淸人林鴻 初 葆素眞君薰處黙者 階
列地仙 職司文衡 凡人間才子詩文佳者 錄成卷軸各曰 霞光集
以備帝覽 至是 帝覽霞光集 有林鴻詩曰 鳥渡鏡天淨 花飛潭雨
香 又曰 檄兩古壇暝 禮星寒殿開 帝大加嘆賞 問於董處黙曰
林鴻何如人也 對曰此人頗有仙趣 臣曾邀見之 見臣府門鎖 乃
吟曰 翠微臺殿濕紅雲 五粒高松寄鶴群 銀鑰已扃苔蘚合 不知
何處遇茅君 及見臣 又詩曰 白玉仙源隔紫霞 人間有路八瑤華
絳囊倘示餐霞訣

p.67

長向天壇掃落花 觀此所詠 足知其人也 帝曰 如此詩人之不凡
者 不可多得 遂勅召於梯仙國 成化中 終南道士張眞人 乃漢張
良三十餘代孫也 忽一妖人自空而降曰 吾乃天府葛仙翁也 奉
帝命 求有道者 觀子淸修 足膺帝求 張眞人雖延坐 而內竊疑之
其人忽飛去 明日又來 太息 仙緣難遇以子之才 而不我信命也
眞人厚加款敬 問其所能 則曰 無所不能 出丹點汞 隨手成金
眞人益敬之 留數日 盡撤眞人金銀器 潛夜飛去 眞人慙憤曰 吾
爲天下道師 而受妖人欺罔 胡顔世間耶 卽上箋訴於天曺 帝命
捕其妖人 而施罰焉 時上帝臨御已久 凡天曺事務 諸眞言行 不
爲不多 而近有東溟姓黃者 懼犯漏洩之禁 姑撮其大槩而錄之
者 雖近誕妄 庶爲世善惡報應之鑒戒云

p.68

『東溟文集』 卷之十三

■ 〈김광순 소장 필사본 고소설 100선〉 간행 ■

□ 제1차 역주자 및 작품 (14편)

직위	역주자	소속	학위	작품
책임연구원	김광순	경북대학교	문학박사	진성운전
연구원	김동협	동국대학교	문학박사	왕낭전 · 황월선전
연구원	정병호	경북대학교	문학박사	서옥설 · 명배신전
연구원	신태수	영남대학교	문학박사	남계연담
연구원	권영호	영남대학교	문학박사	윤선옥전 · 춘매전 · 취연전
연구원	강영숙	경북대학교	문학박사	수륙문답 · 주봉전
연구원	백운용	경북대학교	박사수료	강릉추월전
연구원	박진아	경북대학교	박사수료	송부인전 · 금방울전

□ 제2차 역주자 및 작품 (15편)

직위	역주자	소속	학위	작품
책임연구원	김광순	경북대학교	문학박사	숙영낭자전 · 홍백화전
연구원	김동협	동국대학교	문학박사	사대기
연구원	정병호	경북대학교	문학박사	임진록 · 유생전 · 승호상송기
연구원	신태수	영남대학교	문학박사	이태경전 · 양추밀전
연구원	권영호	경북대학교	문학박사	낙성비룡
연구원	강영숙	경북대학교	문학박사	권익중실기 · 두껍전
연구원	백운용	경북대학교	박사수료	소한림전 · 서해무릉기
연구원	박진아	경북대학교	박사수료	설낭자전 · 김인향전

□ 제3차 역주자 및 작품 (11편)

직위	역주자	소속	학위	작품
책임연구원	김광순	경북대학교	문학박사	월봉기록
연구원	김동협	동국대학교	문학박사	천군기
연구원	정병호	경북대학교	문학박사	사씨남정기
연구원	신태수	영남대학교	문학박사	어룡전 · 사명당행록
연구원	권영호	경북대학교	문학박사	꿩의자치가 · 박부인전
연구원	강영숙	경북대학교	문학박사	정진사전 · 안락국전
연구원	백운용	경북대학교	박사수료	이대봉전
연구원	박진아	경북대학교	박사수료	최현전

□ 제4차 역주자 및 작품 (12편)

직위	역주자	소속	학위	작품
책임연구원	김광순	경북대학교	문학박사	춘향전
연구원	김동협	동국대학교	문학박사	옥황기
연구원	정병호	경북대학교	문학박사	구운몽(상)
연구원	신태수	영남대학교	문학박사	임호은전
연구원	권영호	경북대학교	문학박사	소학사전 · 흥보전
연구원	강영숙	경북대학교	문학박사	곽해룡전 · 유씨전
연구원	백운용	경북대학교	박사수료	옥단춘전 · 장풍운전
연구원	박진아	경북대학교	박사수료	미인도 · 길동